Ellen Barksdale

Tee? Kaffee? Mord! – Arsen und Käsekuchen

Tee? Kaffee? Mord! – Die Serie

Davon stand nichts im Testament …

Cottages, englische Rosen und sanft geschwungene Hügel: das ist Earlsraven. Mittendrin: das »Black Feather«. Dieses gemütliche Café erbt die junge Nathalie Ames völlig unerwartet von ihrer Tante – und deren geheimes Doppelleben gleich mit! Die hat nämlich Kriminalfälle gelöst, zusammen mit ihrer Köchin Louise, einer ehemaligen Agentin der britischen Krone. Und während Nathalie noch dabei ist, mit den skurrilen Dorfbewohner warmzuwerden, stellt sie fest: Der Spürsinn liegt in d Familie …

Über die Autorin

Geboren wurde Ellen Barksdale im englischen S Brighton, wo ihre Eltern eine kleine Pension betr Von Kindheit an war sie eine Leseratte und begann a schon früh, sich für Krimis zu interessieren. Ihre ersten Krimierfahrungen sammelte sie mit den Maigret-Romanen von Georges Simenon (ihre Mutter ist gebürtige Belgierin). Nach dem jahrelangen Lesen von Krimis beschloss sie vor Kurzem, selbst unter die Autorinnen zu gehen. »Tee? Kaffee? Mord!« ist ihre erste Krimireihe.

Ellen Barksdale

Tee? Kaffee? Mord!

ARSEN UND KÄSEKUCHEN

Aus dem Englischen von Ralph Sander

be THRILLED

beTHRILLED

Vollständige ePub-to-Print-Ausgabe des in der Bastei Lübbe AG
erschienenen eBooks »Tee? Kaffee? Mord! – Arsen und Käsekuchen«
von Ellen Barksdale

beTHRILLED in der Bastei Lübbe AG

Textredaktion: Dorothee Cabras
Lektorat/Projektmanagement: Rebecca Schaarschmidt
Covergestaltung: Kirstin Osenau unter Verwendung von Motiven ©
shutterstock/SJ Travel Photo and Video, © Mary Ro/Shutterstock, ©
Mary Ro/Shutterstock, © Nick Hawkes/Shutterstock
Satz: 3w+p GmbH, Rimpar (www.3wplusp.de)
Druck: Books on Demand GmbH, Norderstedt

ISBN 978-3-7413-0160-5

www.be-ebooks.de

www.lesejury.de

MIX
Papier aus verantwortungsvollen Quellen
Paper from responsible sources
FSC® C105338

Prolog, in dem beschlossen wird, Schicksal zu spielen

»Da! Ab da musst du es laufen lassen«, sagte die Frau. »Genau da, wo er sich umdreht.«

Die andere Frau, die etwas älter war, tippte auf die Taste der Fernbedienung, das Band leierte kurz, Störungen huschten über den Bildschirm.

»Du solltest wirklich allmählich den alten Videorekorder deiner Eltern entsorgen«, stöhnte die jüngere Frau frustriert. »Das Bild wird immer schlechter, und neue Kassetten kannst du schon seit Jahren nicht mehr kaufen.«

»Du weißt, ich liebe meine Videokamera über alles«, widersprach die Ältere. »Mit dem Handy kann jeder filmen. Und jetzt sei still, ich will das hören.«

»*... und so erkläre ich Rita Buffridge zum neunten Mal in*

Folge zur Käsekuchenkönigin der Region Greater Cornwall«, verkündete ein beleibter weißhaariger Mann mit kunstvoll gezwirbeltem Schnauzbart, der im schwarzen Anzug und mit Zylinder auf dem Kopf auf einer Bühne stand und jemanden zu sich winkte.

Eine schwarzhaarige Frau Anfang fünfzig ging ein paar Stufen hoch und stellte sich zu dem Herrn mit dem Zylinder. Sie strahlte über das ganze Gesicht, als der Mann ihr eine Urkunde überreichte.

»Mrs Buffridge«, sagte er, *»ich möchte fast sagen, dass es mir jedes Mal ein fast noch größeres Vergnügen als im Vorjahr ist, Ihnen die Siegerurkunde zu überreichen und Sie zur Käsekuchenkönigin der Region Greater Cornwall auszurufen. Es ist mir immer wieder ein Rätsel, wie …«*

»Spul mal vor«, sagte die jüngere Frau. »Ridlington redet jedes Mal das gleiche Blabla. Der könnte auch einen Mitschnitt vom Jahr zuvor abspielen und dazu nur den Mund bewegen; kein Mensch würde den Unterschied bemerken.« Sie ließ den Bildschirm nicht aus den Augen. »Jetzt.«

Die ältere Frau drückte auf die Wiedergabetaste, gerade als Rita Buffridge ins Bild rückte, die ein Mikrofon in der Hand hielt.

»… möchte ich der Jury danken, dass sie mich auch diesmal wieder auf den ersten Platz gewählt hat«, erklärte die Frau, die genauso routiniert klang wie Mr Ridlington. *»Natürlich freut und ehrt mich das, aber es ist mir auch ein bisschen peinlich, und ehrlich gesagt spiele ich im Augenblick mit dem Gedanken, beim nächsten Wettbewerb nicht anzutreten.«*

»Das Gleiche hat sie schon erzählt, als sie das fünfte Mal gewonnen hatte«, schnaubte die jüngere Frau. »Wetten, dass die liebe Rita ihre zehnte Dankesrede schon griffbereit hat? Schade, dass sie sich die Arbeit gemacht hat.«

»Jede Glückssträhne muss einmal enden«, erwiderte die andere Frau lächelnd und hielt eine kleine braune Flasche hoch.

Die Jüngere betrachtete das Objekt. »Und du bist dir sicher, dass das funktionieren wird?«

Ein siegesgewisses Lächeln umspielte die Lippen der anderen Frau. »Todsicher, meine Liebe. Todsicher.«

Erstes Kapitel, in dem Nathalie unversehens zur Gastgeberin wird

»Sind wir zu früh?«

Nathalie sah von ihrem Schreibtisch auf und entdeckte Fred Estaire, der gemeinsam mit seiner Künstlerkollegin Belle Starr in der Tür zu ihrem Büro stand. Fred hatte in den letzten Monaten seinem Haarwuchs freien Lauf gelassen, weshalb sich seine Frisur allmählich wieder in Richtung Marc Bolan entwickelte. So hatte er ausgesehen, als er vor nicht ganz einem halben Jahr erstmals in Earlsraven aufgetaucht war. Belle Starr, die gut eineinhalb Köpfe kleiner war als Fred, trug ihre langen Haare seit ein paar Tagen grellgrün gefärbt, aber es war nur eine Frage der Zeit, bis daraus wieder ein Sonnengelb oder ein metallisches Grau werden würde.

Ein Blick auf die Uhr zeigte Nathalie, dass es fast fünf Uhr nachmittags war. »Nein, ihr seid auf die Sekunde pünktlich«, antwortete sie lächelnd und deutete auf die beiden Stühle vor ihrem Schreibtisch. »Ich muss nur noch zwei Posten für die Bestellung ergänzen, dann bin ich für euch da.«

»Was bestellst du denn?«, wollte Belle wissen.

»Bürobedarf. Stifte, Ordner, Papier und so weiter. In Earlsraven gibt es leider kein Geschäft, das so etwas anbietet.«

Fred grinste ironisch. »War nicht vor Jahren von allen Computerexperten mal das ›papierlose Büro‹ prophezeit worden? Wenn ich das sehe«, er deutete mit einer Kopfbewegung auf ihren Schreibtisch, »habe ich nicht den Eindruck, dass da irgendwas papierlos abläuft.«

»Das war schon in meinem alten Job so«, bestätigte Nathalie und strich sich die Haare hinters Ohr, die ihr immer wieder ins Gesicht fielen, sobald sie sich vorbeugte. Eigentlich war ein Friseurbesuch längst überfällig, aber je länger sie hier auf dem Land in Earlsraven lebte und das Black Feather führte, desto mehr hatte sie Lust, mal etwas Neues auszuprobieren und diese Veränderung auch nach außen zu zeigen. »Hunderte Seiten Statistik, fünfzehnmal ausgedruckt, damit die Kollegen aus der Chefetage während der Konferenz bei Bedarf etwas nachsehen konnten, anstatt mit der Zeit zu gehen und Tablets zu benutzen …« Sie notierte den letzten Posten, dann legte sie den Vorgang zur Seite. »So, das war's.« Sie sah die beiden Künstler an. »Weshalb ich euch hergebeten habe …« Nathalie machte eine kurze Pause. Fred war sichtlich interessiert, Belle dagegen wirkte zurückhaltender. »Ich habe da ein Projekt, das mit euch steht und fällt.«

»Eine Kunstgalerie?«, fragte Belle hoffnungsvoll. »Das wäre eine Chance, meine Skulpturen den Menschen zu zeigen.«

»Nicht ganz, jedenfalls nicht vorrangig«, erwiderte Nathalie. »Ich weiß nicht, ob ihr den leer stehenden Supermarkt drüben in Stapledon kennt.«

»War das nicht ein Woolies?«, hakte Fred nach.

»Ganz früher war das ein Woolworth, das ist richtig«, bestätigte sie. »Aber das ist lange her, danach haben sich die Discounter die Klinke in die Hand gegeben, und seit zwei Jahren steht das Gebäude leer.«

»Und was haben wir damit zu tun?«, wollte Belle wissen.

»Das kommt ganz darauf an«, sagte Nathalie und wurde für einen Moment abgelenkt, als sie ihre Köchin am Büro vorbeigehen sah. »Louise, hast du ein paar Minuten Zeit?«

Die ältere Frau mit der markanten silbergrauen Kurzhaarfrisur machte kehrt und kam ins Büro. »Klar. Was gibt es denn?«

»Ich möchte Belle und Fred einen Vorschlag unterbreiten, doch wenn du dich dazusetzt, dann muss ich das Ganze nicht zweimal erzählen«, erklärte Nathalie. »Denn mit dir müsste ich anschließend über etwas anderes reden, was aber mit der Sache hier zu tun hat.«

Louise ging um den Schreibtisch herum, damit sie auf dem Stuhl Platz nehmen konnte, der am Fenster stand. »Wenn ich in der Küche gebraucht werde, schreien die sowieso ganz laut nach mir.«

»Okay, danke«, sagte Nathalie. »Also, es ist so, dass ich in diesem Ladenlokal in Stapledon einen Landsupermarkt eröffnen möchte.«

»Was ist denn ein Landsupermarkt?«, fragte Belle.

»Das ist ein regionaler Supermarkt, der ausschließlich Produkte anbietet, die hier in der Umgebung angebaut, geerntet und verarbeitet werden, also Milch, Mehl, Brot, Gemüse, Obst und so weiter«, erläuterte Nathalie. »Allerdings mit dem Unterschied, dass nicht der Supermarkt bestimmt, was ins Regal kommt, sondern der Erzeuger selbst. Das heißt auch, dass der Supermarkt nicht die Waren einkauft, sondern nur die Fläche zur Verfügung stellt, die vom jeweiligen Landwirt so genutzt werden kann wie auf einem ganz normalen Marktplatz.«

»Aber wenn die alles selbst erledigen, was haben wir dann damit zu tun?«, wollte Fred wissen. »Ich hatte jetzt erwartet, dass du uns als Personal einsetzen willst, das Regale einräumt und kassiert und so.«

»Genau darum geht es mir auch.« Nathalie war froh darüber, dass Fred ein wenig enttäuscht geklungen hatte. Sie hatte schon befürchtet, in diesem Punkt auf Widerstand zu stoßen, weil sich der eine oder andere aus dem Künstlerkollektiv dafür womöglich zu fein war. Aber wenn Fred bereits damit rechnete und kein Problem damit zu haben schien, war das ein gutes Zeichen. Er war schließlich der Wortführer der Gruppe und würde den anderen bestimmt vermitteln können, welche Chancen in dieser Idee lagen. »Die Landwirte können sich nicht selbst zu ihren Waren stellen, um sie zu verkaufen, weil sie keine Zeit dafür haben. Darum möchte ich ihnen sozusagen ein Sorglos-Paket anbieten, das bedeutet, dass sie frühmorgens ihre Ware liefern und gegebenenfalls nachmittags das abholen, was noch übrig ist und anderweitig verarbeitet werden soll. Darum brauche ich eine bestimmte Anzahl an Kräften, die die Waren annehmen, im Markt einräumen, sich um den Verkauf kümmern und alles in Schuss halten.« Sie sah zwischen Fred und Belle hin und her. »Das wäre eure regelmäßige Aufgabe. Dazu käme noch eine einmalige Aufgabe, nämlich die Gestaltung des Supermarkts.«

»Meinst du die Fassade oder das Innenleben?«, fragte Fred.

»Beides. Ich habe noch keine konkrete Idee, wie das aussehen könnte, doch ich weiß, dass es weder innen noch außen nach einem Supermarkt aussehen soll. Wir brauchen etwas Markantes, das die Autofahrer anspricht und neugierig macht, wenn sie an Stapledon vorbeikommen. Ich würde euch gerne bitten, vier oder fünf sehr unterschiedliche Rohentwürfe auszuarbeiten, damit ich ein Gefühl für die Richtung bekomme, in die das Ganze gehen kann.«

Die beiden Künstler sahen sich an, dann nickten sie zustimmend.

»Wir haben freie Hand?«, wollte Belle wissen. Ihre Augen funkelten dabei begeistert, obwohl sie auf die Haarfarbe abgestimmte Kontaktlinsen trug.

»Im Rahmen des Themas«, stellte Nathalie hastig klar. »Es sollte einen Bezug zur Landwirtschaft haben, und es muss noch als Geschäft erkennbar sein, in dem man Lebensmittel kaufen kann. Ich will nichts haben, was nach einem abgestürzten Ufo aussieht oder nach einem zweiten Stonehenge.«

Während Fred verstehend nickte, setzte Belle eine missmutige Miene auf, die hinlänglich bewies, dass Nathalies Einschränkung gerade noch rechtzeitig gekommen war.

»Ich brauche also diese Entwürfe – wenn es machbar ist – bis Mitte nächsten Monats. Und gleichzeitig brauche ich eine verbindliche Zusage, dass ich auf eure Mitarbeit im Markt zählen kann.« Sie gab Fred einen Zettel. »Das ist eine Übersicht der Stellen, die voraussichtlich zu besetzen sind, sowie der Arbeitszeiten. Ich habe jeweils die Stundenzahl dazugeschrieben, damit ihr euch überlegen könnt, wie ihr das untereinander aufteilen möchtet. Mir ist egal, ob einer von euch die dreißig Stunden pro Woche allein arbeitet oder ob zwei Leute je fünfzehn

Stunden arbeiten, solange ich weiß, dass in der angegebenen Zeit einer von beiden anwesend ist und ich nicht ohne Mitarbeiter dastehe.«

Fred und Belle sahen sich an, was einen Moment lang so wirkte, als unterhielten sie sich via Gedankenübertragung. Dann sagte Belle: »Das ist ein völlig irres Angebot, ich bin sofort dabei! Ich kann es irgendwie gar nicht glauben, dass du mir … dass du uns allen zutraust, dass wir das hinkriegen. Ich … wow … ich weiß nicht, was ich sagen soll.«

»Wir müssen das natürlich mit den anderen besprechen«, ergänzte Fred, »aber ich glaube nicht, dass irgendeiner dankend abwinken wird. Du gibst uns hier eine echte Chance, weißt du das?«

»Die gebe ich euch nur, weil ich daran glaube, dass ihr das schafft und mich nicht enttäuscht«, entgegnete sie. »Ach ja, dieser Supermarkt bekommt natürlich auch einen Manager, aber so einen Posten kann ich nur jemandem geben, der einen Bachelor in BWL hat. Du kennst da nicht zufällig jemanden, oder, Fred?«, fragte sie so betont, dass er unwillkürlich den Kopf ein wenig anhob und sie forschend ansah.

»Woher weißt du das?«, gab er schließlich zurück.

Nathalie schmunzelte. »Sagen wir, ich habe so meine Quellen, die wiederum ihre Quellen haben.« Sie vermied es tunlichst, Louise anzusehen.

»Interessant«, sagte er nachdenklich, während Belle ratlos zwischen ihm und Nathalie hin- und herschaute. »Was haben dir denn deine Quellen sonst noch so über mich verraten?«, wollte er wissen und konnte sich ein amüsiertes Grinsen nicht ganz verkneifen.

»Tja, wenn du wüsstest, Fred«, antwortete sie in einem Tonfall, der alles Mögliche bedeuten konnte, was so von ihr auch beabsichtigt war. Sollte er ruhig ein wenig grübeln.

Plötzlich ging Belle ein Licht auf. »*Du* hast einen Bachelor, Freddie? Mann, das ist ja so … so etabliert.«

Er drehte sich zu ihr um. »Das ist nichts, wofür ich mich schämen müsste.«

»Hey, so war das nicht gemeint«, versicherte sie hastig. »Ich finde das gut. Ich wünschte, ich hätte auch was Brauchbares gelernt, wenn das mit der Kunst nichts werden sollte.«

»Du bekommst in Nathalies Supermarkt die Chance, was Brauchbares zu lernen«, betonte er.

Belle sah sie an und zwinkerte Nathalie zu. »Ja, ich weiß. Danke, Nathalie!«

»Ist schon okay«, wehrte sie ab.

Fred nickte Nathalie zu, doch sein Zwinkern war längst nicht so harmlos wie das seiner Kollegin. Dieses Zwinkern hatte etwas Verlockendes an sich, etwas, was Nathalie in seinen Bann zu schlagen verstand.

Nachdem die beiden sich nochmals bei ihr bedankt und sich dann verabschiedet hatten, erwartete Nathalie eigentlich, dass Louise sich zu ihr an den Tisch setzen würde. Doch die Köchin machte keine Anstalten, ihren Platz neben dem kleinen Fenster aufzugeben, durch das man die Terrasse vor dem Lokal sehen konnte.

»Ein Landsupermarkt«, sagte Louise in einem undefinierbaren Tonfall.

»Keine gute Idee?«

Die ältere Frau wiegte nachdenklich den Kopf. »Die Idee ist gut, aber … übernimmst du dich damit nicht ein *klein wenig?* Ich meine, du hast mit dem Black Feather von deiner Tante eine Kombination aus Pub, Café und

Hotel geerbt. Das sollte doch schon Arbeit genug sein, oder nicht?«

Nathalie winkte gelassen ab. »Ganz im Gegenteil. Ich gebe zu, ich hatte ziemlich hochtrabende Pläne, wie ich hier alles umstrukturieren und effizienter machen wollte …«

»Ich erinnere mich daran«, sagte Louise schmunzelnd. »Ich habe mich insgeheim immer gefragt, wann du eigentlich damit anfangen willst, doch ich wollte dich nicht darauf ansprechen.«

»Um mich nicht auf dumme Gedanken zu bringen, richtig?«

»Womöglich«, gab die ältere Frau zurück und zwinkerte ihr zu. »Was ist daraus geworden?«

Nathalie drehte sich mit ihrem Stuhl zu Louise um, lehnte sich nach hinten und schlug die Beine übereinander. »Gar nichts. Weil hier alles reibungslos läuft. Es ist nicht alles effizient, das sage ich immer noch. Aber hier jetzt alles auf den Kopf zu stellen und damit diese gut eingespielten Abläufe zu riskieren, ergibt einfach keinen Sinn.«

»Eine weise Entscheidung«, meinte Louise anerkennend.

»Danke!« Nathalie musste lachen. »Das muss das Leben auf dem Land sein, das mich so ›weise‹ macht, dass ich über solchen Dingen stehen kann. Jedenfalls fühle ich mich hier nicht ausgelastet, was natürlich auch daran liegt, dass ich so hervorragend eingearbeitetes Personal habe.«

Louise nickte. »Ich danke im Namen der ganzen Belegschaft.«

»Außerdem bringt der Landsupermarkt auch nicht so viel Arbeit mit sich«, fuhr sie fort. »Ich werde dafür wie gesagt einen Manager einstellen, der sich um alles kümmert.«

»Und das soll wirklich Fred sein?«

»Vielleicht. Das hängt davon ab, ob er sich das zutraut.«

»Und ob du ihn entlassen kannst, wenn er nichts taugt und ihr beide zusammen seid.« Bei ihren letzten Worten umspielte ihre Lippen ein verschmitztes Lächeln.

Nathalie hob abwehrend die Hände. »Wir sind ja nicht zusammen. Ich kann meine Entscheidung nicht davon abhängig machen, dass wir uns möglicherweise näherkommen. Außerdem denke ich schon, dass ich in der Lage wäre, das Private und das Berufliche voneinander zu trennen. Wie glaubwürdig wäre ich denn für all meine anderen Angestellten, wenn ich mich schützend vor Fred stelle, obwohl die Arbeit ihn überfordert?«

»Da wärst du sicher nicht die Erste, der so etwas passiert«, warnte Louise sie in sanftem Tonfall.

»Na ja, jedenfalls werde ich einen Manager einstellen, was für mich bedeutet, dass ich nur eine Handvoll Zahlen mehr bei der Buchhaltung zu berücksichtigen habe.«

»Apropos Zahlen«, sagte Louise, was so klang, als hätte sie schon auf eine Gelegenheit gewartet, diesen Punkt anzusprechen. »Ich will nicht indiskret sein, aber es geht hier auch um einige Arbeitsplätze, meinen eingeschlossen. Selbst wenn das für dich kaum mehr Arbeit als vorher sein wird ... ist das nicht finanziell ein bisschen zu gewagt? Ich meine, ich kenne keine konkreten Zahlen, doch ich kann mir grob ausrechnen, was allein das Black Feather jeden Monat an Personalkosten verschlingt. Und dazu dann noch der Supermarkt?«

Nathalie starrte einen Moment lang auf ihre Hände und hielt sich vor Augen, dass Louise zwar ihre Angestellte, aber längst auch eine gute Freundin geworden war. Nathalie sah sich selbst als eine Arbeitgeberin, der die Gefühle ihrer Mitarbeiter nicht gleichgültig waren. Doch wenn es eine enge Freundin wie Louise war, die sich Sorgen um ihren Arbeitsplatz machte, dann ging das Nathalie erst recht nahe. »Vor zwei Wochen habe ich einen Brief von einer spanischen Bank erhalten«, berichtete sie. »In diesem Schreiben wurde ich darauf hingewiesen, dass Tante Henrietta dort ein Konto hatte, auf dem eine … na ja, nennen wir es mal ›eine beträchtliche Summe‹ für zehn Jahre fest angelegt worden war. Da diese zehn Jahre Anfang Januar abgelaufen sind, kann ich über Geld verfügen, von dessen Existenz mir vor zweieinhalb Wochen noch nichts bekannt war. Mit einem Teil davon kann ich den alten Supermarkt kaufen und auf Vordermann bringen. Danach brauche ich eigentlich kein weiteres Geld mehr dafür, weil die laufenden Kosten durch die Beträge gedeckt werden sollen, die von den Landwirten zu zahlen sind. Wenn alle so mitmachen, wie ich das erhoffe.«

»Das sind ja erfreuliche Neuigkeiten. Und warum sollten nicht alle mitmachen wollen? Die Idee ist gut, die Landwirte werden darauf anspringen, und diese Künstlertruppe ist beschäftigt«, meinte Louise.

Nathalie grinste ihre Freundin an. »Das klingt fast so, als fändest du es gut, dass die Künstler arbeiten, weil sie so weniger Unfug anstellen können.«

»Na, für diesen Kerl mit den orangefarbenen Rastalocken wäre das wirklich die bessere Alternative«, fand sie. »Ich lasse mich jedenfalls von dem Typen nicht noch mal ›kunstvoll‹ mit Katzenfutter bewerfen und dann beleidigen, weil ich was gegen seine ›Kunst‹ gesagt habe.«

Nathalie lachte. »Was war ich froh, dass der die Nummer nicht hier im Pub, sondern im Jim's Old Chair aufgeführt hat! Ich glaube, der Wirt bereut jetzt noch, dass er ihn uns so erfolgreich abwerben konnte. Der Kollege hat ebenso wenig wie ich geahnt, was genau sich unter dem angepriesenen ›Happening‹ verbarg.«

Louise rollte bei der Erwähnung des angeblichen Kunst-Events mit den Augen. Nachdem Nathalie und sie eine Weile schweigend dagesessen hatten, murmelte sie: »Ein Konto bei einer Bank in Spanien. Und du hattest davor in Henriettas Unterlagen nicht den kleinsten Hinweis auf dieses Konto entdeckt?«

»Ganz genau, Louise. Weißt du, ich habe meines Wissens sämtliche Unterlagen gesichtet, doch mir sind keine Kontoauszüge irgendeiner spanischen Bank untergekommen, und ich habe auch keine Korrespondenz mit dieser Bank finden können. Ich frage mich jetzt, ob es wohl noch irgendwelche anderen Dinge gibt, von denen ich nichts weiß. Andere Konten, irgendwelche Schließfächer … irgendwas in der Art.«

»Hm, ich glaube, das könnte ich herausfinden«, überlegte Louise. »Ich könnte meine Kontakte befragen, ob die mal nach Henriettas Aktivitäten suchen können, von denen du noch nichts weißt.«

Nathalie schüttelte den Kopf. »Ich möchte aber nicht, dass du dafür irgendwelche Gefallen einlösen musst.«

»Gefallen werden nur bei gravierenden Angelegenheiten eingelöst, nicht bei so harmlosen Auskünften«, sagte Louise und zwinkerte ihr zu. »Das ist auch nichts, was du in zwei Stunden wissen musst. Darum kann das irgendeiner meiner Ex-Kollegen nebenbei erledigen. Kein Problem.«

»Danke!«

»Du musst mir nicht danken, Nathalie«, antwortete die Köchin ungewöhnlich ernst. »Aber du kannst gern jederzeit mit mir über das reden, was du auf dem Herzen hast. Deine Sorgen sind bei mir gut aufgehoben.«

Nathalie war gerührt. »Das weiß ich, Louise, und darüber freue ich mich. Ich würde vorschlagen, dass wir nach nebenan in meine Wohnung gehen«, sagte sie, »dann können wir dort weiterreden und dabei ein Glas Wein trinken. Dort ist es gemütlicher als hier im Büro.«

Louise stand von ihrem Stuhl auf. »Gute Idee.«

»Geh schon mal vor, ich hole vorne noch eine Flasche«, sagte Nathalie und folgte dem schmalen Korridor, der zwischen Café und Pub verlief. Im gut besuchten Pub nickte sie dem Personal hinter der Theke im Vorbeigehen freundlich zu, nahm eine Flasche Rotwein aus dem Weinregal und kehrte zum Durchgang zurück.

»Miss Ames?«, hörte sie jemanden rufen. »Miss Ames!«

Nathalie drehte sich um und entdeckte eine Frau von höchstens Anfang zwanzig, die ein Blatt oder eine dünne Mappe in die Luft gereckt hielt und ihr damit zuwinkte. Ihre Haare waren für Nathalies Geschmack zu hellblond gefärbt, die Augenbrauen im Gegensatz dazu viel zu dunkel, wodurch zusätzlich betont wurde, dass die junge Frau mit dem Bleichmittel sehr großzügig umgegangen war.

»Ja, bitte?«, fragte Nathalie, als die blonde Frau am Tresen angekommen war. Nach der allerneuesten Mode gekleidet, wirkte sie im Pub seltsam fehl am Platz, wohingegen sie in Nathalies Heimatstadt Liverpool genau richtig aufgehoben gewesen wäre. Hier jedoch, inmitten von Leuten aus Earlsraven sowie Fernfahrern, Geschäftsleuten und Touristen auf der Durchreise nach London oder in Richtung Cornwall, sah sie seltsam exotisch aus.

»Ich bin Lydia Beaumont«, stellte sie sich vor. »Meine Mutter Rose ist in der Jury und hat mich gebeten, noch einmal alle Stellen abzufahren, wo die Plakate aufgehängt wurden. Dabei habe ich gerade gesehen, dass Ihr Plakat nicht mehr draußen hängt. Ich nehme an, es ist vom Wind abgerissen worden. Deshalb würde ich Ihnen gern ein neues geben, damit die Leute sehen, wohin sie müssen.«

»Plakat? Jury?«, wiederholte Nathalie verdutzt. »Darf ich fragen, um was es geht?«

»Um den Käsekuchenwettbewerb«, antwortete Lydia Beaumont und wirkte ein wenig irritiert, so als wäre das doch offensichtlich.

»Käsekuchenwettbewerb?« Nathalie nickte bedächtig. »Klingt interessant. Wann findet der denn statt?«

Die junge Frau sah sie befremdet an. »Na, am Samstag.«

»Am kommenden Samstag?«

»Ähm … ja, genau.«

»Und wo?«

Lydia kniff einen Moment die Augen zusammen, als überlegte sie, ob Nathalie sie auf die Probe stellen oder auf den Arm nehmen wollte. »Na … hier«, sagte sie zögerlich.

»*Hier?*«

»Hier im Black Feather.«

Zweites Kapitel, in dem Constable Strutner zwischen die Fronten gerät

»Ja, stimmt, der Käsekuchenwettbewerb«, sagte Louise, als Nathalie ein paar Minuten später mit einer Flasche Wein, dem Ankündigungsplakat und einem Fax in ihre Wohnung kam. Louise hatte bereits zwei Gläser auf den Couchtisch gestellt und sich die Zeitung vom Wochenende genommen, die dort gelegen hatte. »Aber der sollte doch dieses Jahr woanders stattfinden, nicht bei uns.«

»Wenigstens weißt du, dass er überhaupt irgendwo stattfinden sollte«, bemerkte Nathalie seufzend, gab Louise die Flasche und setzte sich in den Sessel, um das Fax in Ruhe zu lesen. »Ich wusste ja nicht mal, dass es den Wettbewerb überhaupt gibt.«

»Tut mir leid, meine Liebe«, erwiderte die ältere Frau, zog den Korken aus der Flasche und schenkte den Wein ein. »Das liegt nur daran, dass du dich hier so schnell und so gut eingelebt hast.«

Nathalie horchte auf. »Wie meinst du das?«

»Na ja.« Louise schob ihr das zweite Glas hin. »Wir sind alle so daran gewöhnt, dass du hier bist. Da denkt kaum noch einer darüber nach, dass es eigentlich erst gut ein Jahr her ist, seit du das Black Feather übernommen hast.«

»Ich weiß nicht, ob ich dir folgen kann«, sagte Nathalie zögerlich und stellte das Glas auf den Untersetzer. Das Fax legte sie zusammen mit dem Plakat daneben auf den Tisch.

»Nicht? Na, überleg doch mal: Du hast den Platz deiner Tante so perfekt übernommen, dass wir vergessen, dass du manche Sachen noch gar nicht wissen kannst. Es ist so, als wärst du schon immer hier gewesen.«

Nathalie nickte nachdenklich. »Ja, jetzt verstehe ich, was du meinst. Danke für das nette Kompliment!«

»Das war auch so gemeint«, beteuerte Louise und trank einen Schluck. »Mmh, der ist gut«, fand sie und warf einen Blick auf das Etikett. »Den Jahrgang muss ich mir merken.«

Nathalie ließ den Kopf in den Nacken sinken. »Es freut mich sehr, dass du so von mir denkst. Es ändert nur nichts an der Tatsache, dass ich in vier Tagen einen Käsekuchenwettbewerb veranstalten soll und keine Ahnung habe, wie ich das bewerkstelligen soll. Ich weiß ja nicht mal, was ich überhaupt zu tun habe.«

»Ach, das ist halb so wild«, beschwichtigte Louise sie. »Eigentlich brauchen die nur einen Raum, der groß genug ist, um ein paar Tische aufzustellen, damit die Teilnehmer ihre Kuchen darauf präsentieren können. Es reicht, wenn wir die Stühle aus dem Café räumen, damit die Tische in zwei Reihen aufgestellt werden können.« Sie trank noch einen Schluck Wein. »Das letzte Mal haben wir das auch so gemacht. Das müsste so vier oder fünf Jahre her sein. Aber wieso sind wir überhaupt schon wieder an der Reihe? Wir sollten doch erst nächstes Jahr wieder Austragungsort sein.«

»Das steht alles in diesem Fax«, antwortete Nathalie und nahm das Blatt zur Hand. »Das ist eigentlich der Brief, der uns vor vier Wochen geschickt wurde, aber nie hier angekommen ist. Da heißt es, das Café O'Lay in Eastwood bleibt wegen eines Wasserrohrbruchs noch einige Wochen geschlossen, und da das Black Feather dem O'Lay am nächsten liegt, möchten wir doch bitte einspringen. Mrs Beaumont geht davon aus, dass das für uns kein Problem darstellt, falls doch, sollen wir uns unbedingt bis zum kommenden Freitag bei ihr melden, damit sie umdisponieren kann.« Sie verzog den Mund. »Das wäre dann der fünfundzwanzigste Januar gewesen. Hm, du hast nicht zufällig eine Zeitmaschine zur Hand, oder, Louise?«

Die grauhaarige Frau erwiderte grinsend: »Zeitmaschinen verleihe ich nicht mehr. Der Letzte, der mich darum gebeten hat, ist ins vierundzwanzigste Jahrhundert gereist und bisher nicht zurückgekommen.«

»Na ja, wir können ja froh sein, dass wir davon nicht erst am Samstagmorgen erfahren haben, wenn sich zwei oder drei Dutzend Käsekuchenbäcker vor dem Café drängen und reingelassen werden wollen.« Sie legte das Fax weg, gerade als es an der Wohnungstür klopfte. »Herein, es ist nicht abgeschlossen.«

Die Tür wurde geöffnet, Constable Ronald Strutner trat ein. »Die Damen«, sagte er und deutete eine kleine Verbeugung an.

»Ronald, was führt dich her?«, fragte Nathalie.

»Ich mache nur meine Runde durchs Dorf und wollte mich für ein paar Minuten aufwärmen«, antwortete er und strich sich über den ausladenden Schnäuzer, in dem zwischen den dunklen Barthaaren seit einiger Zeit ein paar graue auszumachen waren. »Wenn die Sonne weg ist, wird es doch wieder empfindlich kalt.« Er trug seine Polizeiuniform, darüber eine nur leicht gefütterte Regenjacke. Die Mütze hielt er in einer Hand, mit der anderen fuhr er sich durchs Haar, das vom Mützenrand platt gedrückt worden war.

Als Louise auf die Weinflasche deutete, schüttelte er den Kopf. »Mir ist nur äußerlich kalt, Louise. Danke.«

»Gibt die Unterwelt von Earlsraven wenigstens Ruhe?«, fragte sie ironisch. »Keine Bandenkriege, keine Razzien?«

»Jedenfalls keine, von denen mir etwas bekannt wäre«, gab er zurück und zog die Regenjacke aus, dann setzte er sich in den anderen Sessel. »Und? Neuigkeiten? Klatsch und Tratsch?«

»Am Samstag veranstalten wir den Käsekuchenwettbewerb«, verkündete Nathalie.

»Was dich nicht allzu sehr zu freuen scheint«, stellte er fest und sah sie forschend an. »Gibt es irgendwelche Probleme?«

»Keine Probleme, außer dass ich das erst seit zehn Minuten weiß«, antwortete sie und erklärte ihm auf seinen fragenden Blick hin, was sich eben erst zugetragen hatte.

»Ich weiß, dass ich die Plakate gesehen habe, die überall in der Gegend aufgehängt worden sind«, sagte der Constable schließlich. »Doch ich bin davon ausgegangen, dass der Wettbewerb dieses Jahr in Eastwood im Café O'Lay stattfindet. Darum habe ich auch nicht genauer hingesehen.« Er zuckte mit den Schultern. »Das hört sich aber nach mehr Aufwand an, als es tatsächlich ist. Eigentlich brauchen die nur einen Raum, um ihre Kuchen auszustellen. Das hat Henrietta hier immer im Café gemacht.«

»Ja, Louise hat das auch schon gesagt«, erwiderte Nathalie und lächelte schwach.

»Hast du eigentlich gehört, ob Mrs Buffridge dieses Jahr wieder antritt?«, fragte der Constable an Louise gewandt.

»Weder das, noch dass sie aussetzt«, antwortete die Köchin und bemerkte Nathalies ratlosen Blick. »Mrs Buffridge hat neunmal in Folge den Titel der Käsekuchenkönigin gewonnen, und einige Male hat sie schon angedeutet, vielleicht doch mal ein oder zwei Jahre auszusetzen, damit andere auch eine Chance haben. Aber bislang ist das nicht passiert.«

»Ist sie so gut?«, wollte Nathalie wissen.

»Ich liebe Käsekuchen«, entgegnete der Constable, »doch nur einen, der ohne Rosinen, ohne Kirschen, ohne Mandarinen und ohne irgendwelche anderen Beigaben daherkommt. Mrs Buffridge präsentiert Varianten mit Marzipan und Lebkuchengewürz, mit süßem Paprika und mit was weiß ich noch allem. Bei mir kann sie damit nicht landen, darum kann ich nicht sagen, ob sie gut ist.«

Nathalie musste schmunzeln, als ihr Ronalds energischer Tonfall auffiel. Diese Mrs Buffridge musste bei ihm wohl eine empfindliche Stelle getroffen haben, wenn er sich so über ihren Erfindungsreichtum ärgerte.

»Das wäre ja nur halb so schlimm«, fuhr er noch etwas aufgebrachter fort, gerade als sie etwas sagen wollte. »Aber die anderen haben sich gleich im nächsten Jahr an sie rangehängt, um sich gegenseitig mit ihren ›Kreationen‹ zu überbieten. Ein ganz normaler, guter Käsekuchen hat da gar keine Chance mehr. Aber das ist alles Ridlingtons Schuld, weil er die Regeln aufgeweicht hat.«

»Tja, und inzwischen hoffen alle, dass Mrs Buffridge endlich einmal aussetzt«, ergänzte Louise. »Doch vermutlich geht das nur über ihre Leiche.«

»Sag so was nicht, Louise«, warnte Nathalie sie und goss sich noch etwas Wein ein. »Der Wettbewerb findet bei uns statt, und wenn ich hier eines nicht sehen will, dann ist das eine Leiche. Seit ich hier in Earlsraven bin, stolpere ich an jeder Ecke über einen Toten, und keiner von denen ist auf natürliche Weise aus dem Leben geschieden.« Sie schüttelte den Kopf. »Himmel, ich habe mein ganzes bisheriges Leben in Liverpool verbracht, ich war etliche Male in London. Überall wird darüber berichtet, wie gefährlich es in den Großstädten ist und wie viele Menschen da umgebracht werden, aber in der ganzen Zeit habe ich nicht ein einziges Mordopfer gesehen, worüber ich auch froh bin. Kaum ziehe ich aufs Land, sterben reihenweise Leute um mich herum.«

Der Constable sah sie mitfühlend an. »Eigentlich ist es auf dem Land gar nicht so schlimm, Nathalie. Außerdem darfst du nicht vergessen, dass bei ein paar Fällen gar kein Mord als Todesursache festgestellt worden wäre, wenn du nicht so beharrlich nachgehakt hättest.«

Nathalie nickte nur und lächelte schwach. War Ronald eigentlich bewusst, welches Armutszeugnis er sich soeben selbst ausgestellt hatte? Vermutlich nicht, allerdings würde sie es ihm jetzt auch nicht sagen. Der Mann war als Polizist nicht immer eine Leuchte, aber ein wunderbarer Mensch. Er hatte eine herzensgute Art, und er war längst nicht so schusselig, wie Louise ihn anfangs hingestellt hatte. Nur manchmal, da sah er das Offensichtliche nicht.

»Wollen wir hoffen, dass bei diesem Wettbewerb

überhaupt keiner stirbt«, warf Louise ein. »Weder eines natürlichen noch eines unnatürlichen Todes. Ach, Nathalie, du solltest Ronald in deine Expansionspläne einweihen. Er kennt hier Gott und die Welt und hat vielleicht noch ein paar gute Ideen auf Lager.«

»Expansionspläne?«, fragte der Constable interessiert. »Eröffnest du ein zweites Black Feather?«

Nathalie schüttelte den Kopf und berichtete ihm von ihrem Vorhaben. Strutner hörte interessiert zu, und nachdem sie geendet hatte, saß er eine Weile da und ließ sich das Ganze durch den Kopf gehen. Gebannt beobachtete Nathalie ihn, da sie ihn selten so konzentriert erlebt hatte.

Schließlich erwiderte er: »Das hört sich für mich nach einer hervorragenden Idee an. Ich bin mir sicher, dass die Landwirte aus der Umgebung davon begeistert sein werden. Aber … wieso ausgerechnet dieses Ladenlokal in Stapledon? Drüben in Redbridge steht schließlich auch ein Laden leer. Der liegt doch genauso zentral.«

»Gut beobachtet, Constable Strutner«, sagte sie und zwinkerte ihm zu. »Aber Redbridge liegt nur auf den ersten Blick zentraler als Stapledon. Tatsächlich erreiche ich da jedoch mehr Landwirte. Wer südlich von Stapledon seinen Hof hat, kann mit dem Traktor bis zum Supermarkt fahren. Redbridge ist aber nur über die Schnellstraße gut zu erreichen, ansonsten muss man einen riesigen Umweg südlich oder nördlich der Schnellstraße in Kauf nehmen. Da ein Traktor auf der Schnellstraße nichts zu suchen hat, würden viele Landwirte als potenzielle Kunden wegfallen.«

»Oh, daran hatte ich nicht gedacht«, musste Ronald einräumen.

»Mir wäre das auch nie in den Sinn gekommen«, gab Nathalie zu, »wenn sich nicht vor Kurzem zwei Männer im Pub genau darüber unterhalten hätten.« Nach einer kleinen Pause fügte sie hinzu: »Es gibt noch einen anderen Grund, warum ich genau dieses Grundstück kaufen will.«

Ronald und Louise sahen sie abwartend an.

»Ihr wisst ja, dass wir vor Weihnachten dem Mord an dem Enthüllungsjournalisten nachgegangen sind …«, begann sie.

»Forrester«, fügte der Constable hinzu.

»… und wir haben in seinen Unterlagen doch Material zu diesem Projekt ›Raven's Gate‹ gefunden, diesem Luxuswohnquartier, das auf dem ehemaligen Flughafengelände entstehen soll, dort, wo eigentlich ein Landschaftsschutzgebiet geplant war«, fuhr sie fort. »Forrester hat dazu unglaubliche Mengen an Material zusammengetragen, von dem die Öffentlichkeit keine Ahnung hat. Das Projekt ist in Sachen Umweltschutz ein wahres Pulverfass, ganz abgesehen davon, dass ringsum noch riesige Waldflächen verschwinden sollen und in diesem Zug Lebensraum für unzählige Tierarten zerstört wird. Wenn das publik wird, haben die Damen und Herren Politiker einen kleinen Aufstand am Hals. Aber bevor wir das wo auch immer veröffentlichen, müssen wir erst mal die Hintermänner und Drahtzieher überführen.«

»Genau«, stimmte Louise ihr zu. »Sonst kommen die unbehelligt davon, und die Handlanger müssen die Prügel für sie einstecken. Das wäre nicht in Forresters Sinn.«

»Sehe ich auch so«, sagte Nathalie. »Ich bin zwar mit den Unterlagen noch nicht weit gekommen, doch ich bin schon mal auf Entwürfe gestoßen, was die Ausmaße dieser Anlage angeht. Das Schöne daran ist, dass es nur eine sinnvolle Streckenführung gibt, um das Gelände an die Schnellstraße und die Autobahn anzubinden. Ansonsten müssten die armen Reichen, die dort ihr neues Luxusheim beziehen, über ein halbes Dutzend Dörfer fahren, ehe sie von daheim irgendwo hinkommen. Und für den Weg nach Hause gilt natürlich genau das Gleiche.« Sie grinste die beiden triumphierend an. »Nun ratet mal …«

»Ich ahne was«, sagte Ronald, und über sein Gesicht legte sich ein breites Lächeln. »Der Supermarkt steht im Weg.«

Sie nickte. »Ganz richtig. Der steht *mitten* im Weg. Mehr könnte er gar nicht im Weg stehen. Wenn der Supermarkt nicht abgerissen wird, droht Raven's Gate das Aus.«

»Das ist auch gut so«, fand Louise. »Wenn das Projekt vor der Abstimmung steht, wird sich ja zeigen, wer von unseren Volksvertretern die Landschaft zerstören will, um Neureichen ein neues Zuhause zu geben, weil ihnen das alte zu langweilig geworden ist.«

»Genau. Und wenn das mit dem Landsupermarkt klappt, bin ich sehr gespannt, wer dann plötzlich bei mir anklopft und versucht, mich zu kaufen«, sagte Nathalie. »Da fällt mir ein … Was macht eigentlich Sir Alfred Battersfield?«

»Tja, der Mann, der vermutlich den Killer auf Forrester angesetzt hatte, ist eine so einflussreiche Person«, antwortete der Constable unüberhörbar frustriert, »dass ich am Ende den Ärger am Hals haben werde, wenn ich in dem Fall weiterermittle.«

»Wieso? Was ist passiert?«, wollte Louise wissen. »Wieso Ärger?«

Strutner verzog den Mund und atmete schnaubend aus. »Ich habe nichts weiter gemacht, als Battersfields Namen einzugeben, um zu sehen, was unser System denn über ihn weiß. Vielleicht ein paar Strafzettel wegen

Falschparkens oder die eine oder andere Geschwindigkeitsübertretung.«

»Und?«

»Nichts. Jedenfalls ist nichts eingetragen, was aber nichts heißen muss«, erklärte er. »Und normalerweise passiert nach der Systemanfrage nichts mehr. Normalerweise. Allerdings habe ich heute Morgen einen Anruf von Scotland Yard erhalten, weil man erfahren wollte, aus welchem Grund ich wegen Battersfield nachgefragt habe. Ich wollte daraufhin wissen, ob gegen den Mann bereits ermittelt wird, aber das war eindeutig die falsche Frage. Ich wurde in einem ziemlich schroffen Ton darauf hingewiesen, dass ich mit meinem Dienstgrad weit von jeder Berechtigung entfernt sei, überhaupt solche Anfragen zu stellen. Bei dem Tonfall habe ich davon abgesehen, auch nur anzudeuten, Battersfield könnte den Killer bezahlt haben, der Forrester unschädlich gemacht hat. Ich habe es schließlich auf einen Tippfehler geschoben und behauptet, doch eigentlich nach einem Mr Bartersfield zu suchen. Der Typ vom Yard hat es mir wohl abgenommen, jedenfalls hat er mir gesagt, dass sich das Missverständnis dann ja aufgeklärt hat. Allerdings glaube ich ihm kein Wort. Ich bin davon überzeugt, dass die mich jetzt zumindest für eine Weile im Auge behalten werden. Wenn ich ›Battersfield‹ bei Google eingebe, werden die bestimmt zehn Minuten später wieder bei mir auf der Matte stehen, und dann komme ich mit dem Tippfehler als Ausrede nicht mehr davon. Außerdem befürchte ich, dass die Battersfield davon in Kenntnis setzen, und wenn der erst mal weiß, wer da etwas über ihn herausfinden will … Ich mache das nicht gern, Louise, doch …«

»Kein Thema, Ronald. Ich weiß, wen ich ansprechen muss, ohne dass das jemand in den falschen Hals bekommt«, versicherte sie ihm. »Aber erst mal bringen wir die Käsekuchen-Odyssee hinter uns, dann können wir uns um andere Dinge kümmern.«

Ronald dankte ihr, stand auf und holte ein weiteres Weinglas aus dem Schrank, setzte sich wieder an den Tisch und schenkte sich Wein ein.

»Ich dachte, im Dienst trinkst du nicht«, wunderte sich Nathalie.

Lachend tippte er auf seine Armbanduhr. »Seit dreieinhalb Minuten habe ich Feierabend.« Er hob sein Glas. »Auf ein gutes Gelingen des Käsekuchenwettbewerbs!«

Nathalie stieß mit ihm an und konnte nur hoffen, dass dieser Wettbewerb wirklich so gut gelingen würde. Eine leise Stimme in ihrem Hinterkopf schien da seltsamerweise anderer Meinung zu sein.

Wie von Louise und Ronald bereits am Dienstagabend prophezeit, gab es bis zum Wettbewerb eigentlich kaum etwas zu tun. Erst am Freitagabend nach Geschäftsschluss des Cafés räumten sie den größten Teil der Stühle weg und stellten die Tische so zusammen, dass sie ein lang gestrecktes »U« bildeten. Wenig später kam dann auch die Jurorin Rose Beaumont mit ihrer Tochter Lydia ins Café, um sich um die Dekoration zu kümmern. Die beiden hätten Schwestern sein können, so ähnlich sah Rose ihrer Tochter, und auch der modisch-elegante, für das Black Feather absolut unpassende Kleidungsstil hatte unübersehbar von der Mutter auf Lydia abgefärbt – vielleicht sogar umgekehrt. Selbst das Bleichmittel schienen die zwei in der Familienpackung zu kaufen und gleichermaßen verschwenderisch einzusetzen.

Die beiden waren so ein eingespieltes Team, dass sie innerhalb von etwas mehr als zwei Stunden alles so hergerichtet hatten, dass der Wettbewerb noch am Abend hätte beginnen können. Nathalie zählte dreißig identisch angeordnete Plätze an den Tischen, an denen später die Teilnehmer sitzen würden. Mehrere kleine Teller fanden sich an jedem Platz, dazwischen stand immer ein Unterteller mit Butterkeksen. Laut Rose Beaumont war diese Geschmacksneutralisierung nach einer Kostprobe des Käsekuchens des einen Kandidaten auf dem Weg zum nächsten unerlässlich.

»Wer von Teilnehmer drei einen Käsekuchen mit Chilischoten isst, kann nicht gleich darauf bei Teilnehmer vier einen Kuchen gerecht bewerten, der besonders viel Schokolade enthält«, erklärte Rose Beaumont am Abend. »Natürlich hätten wir dieses Problem nicht, wenn wir immer noch nur traditionelle Käsekuchen bewerten dürften, aber keine Kreationen, die damit inzwischen kaum noch was zu tun haben.«

»Wieso wurde denn überhaupt mit der Tradition gebrochen?«, fragte Nathalie. »Ich würde nicht gerade sagen, dass ausgerechnet Käsekuchen irgendwelchen Trends unterworfen ist, oder?«

»Das hat unser werter Oberschiedsrichter Kenneth Ridlington ganz allein entschieden«, antwortete Rose verärgert. »Meine beiden Ko-Juroren waren auch nicht davon begeistert, aber wir haben keine andere Wahl.«

»Sie könnten doch aus Protest Ihr Amt niederlegen«, schlug Louise vor. »Er würde wohl nicht allein weitermachen können.«

»Wenn ich das tue, kann ich meine Konditorei zumachen.« Rose schüttelte frustriert den Kopf. »Wissen Sie, wer Ridlington ist?«

Nathalie und Louise schauten ahnungslos drein.

»Ich weiß zwar, dass Mr Ridlington seit Jahren diesen Wettbewerb leitet«, antwortete Louise schließlich. »Aber ehrlich gesagt habe ich mir noch nie Gedanken darüber gemacht, was es mit ihm sonst noch auf sich hat.«

»Ihm gehört Baker's Belly«, sagte die andere Frau. »Er ist der Backwarenmogul schlechthin, er beliefert das halbe Commonwealth mit seinen Kuchen, Torten und Teilchen. Wenn ich mich mit ihm anlege, weil mir nicht gefällt, wie er diesen Wettbewerb führt, werde ich womöglich von ihm nicht mehr beliefert. Dann muss ich zur viel teureren Konkurrenz wechseln, und dann laufen mir gut und gern fünfzig Prozent meiner Kunden davon, weil es ihnen zu teuer ist und weil die Konkurrenz vor allem nicht an den Geschmack seiner Waren heranreichen kann.«

»Das ist allerdings übel«, entgegnete Nathalie mitfühlend.

»Das können Sie laut sagen, Miss Ames. Ich wünschte, sein Sohn könnte ihm endlich auf den Chefsessel nachfolgen, dann würde sich vieles zum Besseren wenden. Sie müssen wissen, der Sohn hat so viele gute Ideen, die nur darauf warten, in die Tat umgesetzt zu werden. Aber dafür muss der alte Ridlington wohl eher ins Gras beißen, anders wird der seinen Platz nicht aufgeben.«

Nathalie nickte verstehend, hoffte gleichzeitig jedoch inständig, dass niemand auf die Idee kam, den Mann am nächsten Tag »ins Gras beißen« zu lassen. Während Rose zusammen mit ihrer Tochter eine Endkontrolle der Wettkampfarena begann, drehte sich Nathalie zu Louise um und raunte ihr zu: »Die hat ja eine gehörige Wut auf diesen Juror. Hoffentlich wird die Stimmung hier morgen nicht zu eisig.«

»Na ja, wenn ich sie so reden höre, dann muss es ja noch einige andere Leute geben, die auf diesen Ridlington nicht so gut zu sprechen sind«, sagte die ältere Frau.

»Aber das geht ja wohl schon seit Jahren so; da gibt es eigentlich keinen Grund, dass ausgerechnet morgen hier etwas passiert.«

Nathalie legte den Kopf in den Nacken und seufzte gedehnt. »Wenn da nur nicht das Wörtchen ›eigentlich‹ wäre.«

»Weißt du, dass ich keine Ahnung habe, was ich darauf erwidern soll?« Die Köchin sah sie lächelnd, aber auch etwas besorgt an.

»Du kannst mir einfach zustimmen«, meinte Nathalie grinsend.

»Ich stimme dir einfach zu«, wiederholte Louise mit einem ironischen Unterton.

»Sei nicht so enthusiastisch!« Nathalie zwinkerte ihr zu. Morgen um diese Zeit lag die Verleihung der Käsekuchenkrone bereits hinter ihnen, und mit etwas Glück würden sie es ohne Katastrophe überstehen.

Am Samstagmorgen um kurz nach acht herrschte rund um das Black Feather bereits Hochbetrieb, was für diese Tageszeit ungewöhnlich war. Die Parkplätze auf der dem Dorf zugewandten Seite waren schnell belegt, sodass es zu hektischen Wendemanövern in der recht schmalen Straße kam, um aus Earlsraven rauszukommen und den Pub von der anderen Seite anzufahren, wo wesentlich mehr Plätze zur Verfügung standen. Offenbar kamen alle Teilnehmer in Begleitung ihrer Ehepartner oder enger Freunde, wobei die Gruppen in der Größe stark variierten. Manche erschienen zu zweit, andere hatten so viele Leute im Schlepptau, dass man meinen könnte, ganze Clans würden hier aufmarschieren.

Doch ganz egal, wie groß die Entourage auch war, eines war allen Teilnehmern gemein: Sie trugen ihren Kuchen selbst und behandelten ihn mit der gleichen Vorsicht, die man sonst bei einer tausend Jahre alten chinesischen Vase walten ließ. Unterschiede gab es dabei allerdings in der Art der schützenden Verpackung, die mal mehr, mal weniger aufwendig ausfiel. Während einige das kleine Kunstwerk, dick in Styropor oder Luftpolsterfolie verpackt, mit beiden Händen trugen und dabei auf die Hinweise ihrer Begleiter angewiesen waren, die sie vor Unebenheiten oder Stufen warnen mussten, hatten sich andere Konstruktionen ausgedacht, die es ihnen erlaubten, den Kuchen mit einer Hand neben sich her zu tragen.

Nathalie, die sich warm angezogen gemeinsam mit Louise an einen der Tische auf der Terrasse gesetzt hatte, konnte nur staunen, wenn sie sah, mit welchem Erfindungsreichtum die meisten Teilnehmer für den Schutz ihrer Kreationen gesorgt hatten.

»Womöglich gurten sie ihn im Auto auch noch an«, gab die Köchin zurück, als Nathalie ihr ihre Beobachtung mitteilte. »Hauptsache, der kostbare Kuchen wird bei der Vollbremsung nicht zerdrückt.«

Die beiden mussten lachen.

Der Strom der Teilnehmer, die vom Parkplatz auf der anderen Seite des Black Feather kamen, riss einfach nicht ab.

Irritiert sah Nathalie auf die Uhr. »Wir haben gleich neun«, sagte sie. »Bislang sind höchstens fünfzehn oder sechzehn Kuchen ins Café gebracht worden, aber ich habe das Gefühl, dass sich da drinnen achtzig Leute oder mehr tummeln. Wo wollen die alle hin, wenn die anderen fünfzehn Teilnehmer kommen und eine gleich große Anhängerschaft mitbringen?«

»Die gehen nachher alle raus, wenn die Jury sich durch die Kuchenstücke probiert«, antwortete Louise. »So wie jetzt war es beim letzten Mal auch. Außer den

Teilnehmern darf niemand mehr im Saal sein, nachdem es vor einigen Jahren zu unschönen Szenen gekommen ist, wie ich gehört habe.«

»Unschöne Szenen? Meinst du Tortenschlachten?«

»Nein, manche Begleiter haben ganz unverhohlen versucht, die Juroren zu beeinflussen. Es wurden offenbar sogar Drohungen ausgesprochen«, erklärte die Köchin. »Darum werden sie inzwischen alle aus dem Saal verbannt.«

Nathalie atmete hauchend aus und sah zu, wie ihr Atem als kleine weiße Wolke davontrieb. »Dass manche Leute aus jedem harmlosen Spaß gleich einen Kampf auf Leben und Tod machen müssen.«

»Ganz so harmlos ist der Spaß nicht«, entgegnete Louise, die im Gegensatz zu Nathalie in einer deutlich dünneren Jacke der morgendlichen Kälte trotzte. »Der Sieger erhält fünfhundert Pfund, der Zweitplatzierte dreihundert Pfund und der Drittplatzierte immerhin noch hundert Pfund …«

»Von hundert Pfund kann man einige Käsekuchen backen«, kommentierte Nathalie, konnte sich aber ein Lachen nicht ganz verkneifen.

»Das ist noch nicht alles. Ich habe mich gestern Abend noch mit dieser Rose Beaumont unterhalten, nachdem du bereits ins Bett gegangen warst. Die drei Gewinner bekommen auch noch gestaffelt Prozente vom Verkauf ihrer Kuchen, die nach dem Wettbewerb für ein Jahr ins Programm von Baker's Belly aufgenommen werden. Und bei den Kuchen, die richtig gut laufen, wird dieses Arrangement jeweils um ein Jahr verlängert. Das war für mich alles neu, doch ich habe mich zuvor auch nie eingehender damit beschäftigt.«

»Hm, das klingt aber nach guten Einnahmen, wenn dieser Betrieb so groß ist, wie Mrs Beaumont sagt«, überlegte Nathalie und rieb sich die Hände, da ihre Finger kalt wurden. Am Himmel war keine Wolke zu sehen, doch die Sonne stand noch zu tief, um Wärme zu spenden. In den Bäumen ringsum war vereinzelt Vogelgezwitscher zu hören, und als Nathalie nach rechts blickte, sah sie gerade noch, wie ein Eichhörnchen den Stamm herunterhuschte und im Gebüsch verschwand. »Dann dürfte diese Dauersiegerin aber einen richtig guten Nebenverdienst haben.«

»Mrs Buffridge? Ja, und das macht es natürlich umso unwahrscheinlicher, dass sie beim Wettbewerb aussetzt. Schließlich bedeutet der Sieg für sie bares Geld.«

Nathalie griff nach dem Kaffeebecher und trank einen Schluck, bevor der Kaffee allzu kalt wurde. »Eigenartig«, murmelte sie.

»Was?«

»Na, dass sie immer Erste wird. Vielleicht lässt Ridlington sie absichtlich gewinnen, weil er weiß, dass ihre Kuchen bei den Kunden ankommen … oder das Ganze ist ein abgekartetes Spiel.«

Louise verzog den Mund. »Bei einem Wettbewerb, bei dem es darum geht, wie gut etwas schmeckt, kann man immer manipulieren. Ridlington muss nur vorab ein Stück probieren, damit er unter den anonymisierten Proben die richtige herausschmecken kann.«

»Ja, das auch.« Nathalie nickte flüchtig. »Aber es könnte doch sogar so sein, dass er bereits über eine neue Geschmacksrichtung entschieden hat und Mrs Buffridge das Rezept gibt. Dann kürt er sie zur Siegerin und bringt ›ihren‹ Käsekuchen auf den Markt, was bei der Kundschaft mehr Interesse wecken dürfte als die Einführung einer regulären neuen Sorte.«

»Denkbar wäre das«, stimmte die Köchin ihr zu und

wollte noch etwas anfügen, doch dann stutzte sie. »Was ist denn mit dem passiert?«

Drittes Kapitel, in dem Nathalie bereut, Gastgeberin geworden zu sein

Als Nathalie dem Bick ihrer Freundin folgte, entdeckte sie den Constable, der aussah, als hätte man ihn mit Pudding beworfen. Louise und sie winkten ihm gleichzeitig zu, als er, vom vorderen Parkplatz kommend, um die Ecke bog und eigentlich in Richtung Café gehen wollte – wohl um sich dort auf die Toilette zurückzuziehen und seine Uniform von der Masse zu befreien, die am Stoff klebte. Er bemerkte die beiden und gesellte sich zu ihnen.

»Was ist denn mit dir passiert?«, wollte Louise wissen und griff nach der Rolle Küchenpapier, die Nathalie mitgenommen hatte, um den Raureif von den Stühlen auf der Terrasse zu wischen. Sie stand auf, trennte einige Blätter ab und gab dem Polizisten ein Zeichen, sich ein wenig zur Seite zu drehen.

»Ich hatte meinen Wagen auf dem Parkplatz abgestellt und war gerade ausgestiegen, da sind eine Frau und ein Mann aneinandergeraten«, berichtete er sichtlich genervt. »Auf dem Boden neben ihnen lag eine dieser fünffach in Folie gewickelten Kuchenplatten. Allerdings war sie so stark zur Seite geneigt, dass der Kuchen bereits an den Rand gerutscht und unübersehbar gequetscht war. Mit dem hätte die Frau nicht mehr antreten können«, führt Ronald weiter aus. »Sie beschimpfte den Mann, er habe ihr den Kuchen aus der Hand geschlagen, was der Mann natürlich abstritt. Er schimpfte zurück, und das, obwohl ich mehr oder weniger zwischen den Streithähnen stand. Ich habe auf ihn eingeredet, hatte aber dadurch die Frau nicht mehr im Blick, die hinter mir wohl in aller Eile den Kuchen aufhob und auspackte. Als ich mich zu ihr umdrehte, landete im gleichen Moment ihr ramponierter Käsekuchen zum Teil in meinem Gesicht, zum größten Teil aber auf meiner Uniformjacke.«

»Du hast doch mit dem Ganzen nichts zu tun. Warum bewirft sie dich mit ihrem Kuchen?«, wollte Louise wissen.

»Sie wollte ja nicht mich treffen, sondern ihren Kontrahenten«, betonte er. »Was ihr in gewisser Weise auch gelungen ist, weil ich durch den Treffer einen Schritt nach hinten gemacht habe. Und dabei bin ich gegen den Mann gestoßen, der das Gleichgewicht verloren und seinen Kuchen losgelassen hat. Der ist dann natürlich auf dem Boden gelandet, zwar in seiner schützenden Hülle, aber das hat dann auch nichts mehr geholfen.«

»Da klebt ja noch mehr«, sagte Louise mehr zu sich selbst und trennte noch zwei Blätter ab, um weitere Kuchenreste von der Uniform zu entfernen.

»Dann fallen zwei Teilnehmer aus?«, fragte Nathalie. »Die Frau war nicht zufällig …?«

»Nein, es war nicht Mrs Buffridge«, antwortete Ronald, der ihre Gedanken gelesen haben musste. »Ich habe von beiden die Personalien aufgenommen. Die Frau erwartet eine Anzeige wegen tätlichen Angriffs.«

»Ehrlich?«

»Ja, Nathalie. Auch wenn sie behauptet, sie wollte den anderen Mann treffen, hat sie nun mal mich erwischt. In erster Linie geht es darum, dass sie für die Reinigung aufkommt.«

»Und was ist mit dem Mann? Kann er von der Polizei Schadenersatz für den ruinierten Kuchen verlangen?«

Der Constable winkte ab. »Das ist alles halb so wild. Dieser Kuchen ist zwar hinüber, aber ich zitiere: ›Der gut vorbereitete Käsekuchenfachmann hat immer einen Zweitkuchen im Kofferraum.‹«

»Einen Zweitkuchen?« Nathalie zog verwundert die Augenbrauen hoch. »Ich glaube, dieses Wort habe ich noch nie in meinem Leben gehört.«

»Und trotzdem hast du es zu was gebracht«, fügte Louise ironisch an. »Respekt.«

»Den habe ich auch verdient«, hielt Nathalie im gleichen Tonfall dagegen. »Mein Leben ohne Zweitkuchen. Klingt fast wie ein Buchtitel.«

»Melone-Avocado«, sagte Strutner plötzlich.

»Melone-Avocado?«, fragten Louise und Nathalie gleichzeitig.

»Ja, das ist die Geschmacksrichtung dieser ›Kreation‹«, bestätigte er und zeigte auf seine Uniformjacke, dann schüttelte er sich demonstrativ. »Wie kann man nur so was als ›Käsekuchen‹ bezeichnen?«

Während sie sich unterhielten, trafen nach und nach die übrigen Teilnehmer ein, die von schätzungsweise genauso vielen Leuten begleitet wurden wie der erste Schwung. Aus einem der bereits früh am Morgen vor dem Gebäude abgestellten Transporter holten Helfer einen großen Monitor, der vor dem Café aufgebaut wurde, damit alle Begleiter draußen mitverfolgen konnten, was sich im Lokal abspielte.

Mrs Beaumont kam aus dem Black Feather, winkte den dreien freundlich zu und ging um das Gebäude herum zum vorderen Parkplatz. Ein paar Minuten später kam sie in Begleitung zweier Kamerateams und eines halben Dutzends Reporter zurück. Die Gruppe verschwand im Café.

»Darüber wird im Fernsehen berichtet?«, fragte Nathalie verdutzt, als sie sah, dass einer der Kameraleute eine Weste mit dem Aufdruck *BBC* trug.

»Na ja, wenn die Leute sehen wollen, wie irgendwelche Unbekannten ein paar Wochen lang in einem Container aufeinanderhocken und sich gegenseitig rausmobben, warum soll es sie dann nicht interessieren, wer den besten Käsekuchen hier in unserer Region auf den Tisch zaubern kann?«, gab der Constable zurück und seufzte leise. »Mir ist jedenfalls jeder Käsekuchen zehnmal lieber als der andere Kram. Fast jeder Käsekuchen, ausgenommen Melone-Avocado.«

»So, jetzt sieht das wenigstens wieder einigermaßen passabel aus«, stellte Louise fest, nachdem sie Ronalds Uniform begutachtet hatte. »Schon gut, dass man auf dem schwarzen Stoff Fettflecken so gut wie gar nicht sehen kann.«

Kaum hatte sie ausgesprochen, fuhr ein zitronengelber Rolls-Royce auf den Parkplatz und stellte sich mitten in die Zufahrt. Ein Chauffeur in dunklem Anzug und mit Schirmmütze stieg aus und eilte um die Luxuslimousine herum, dann zog er die hintere linke Tür auf, die sich entgegen der Fahrtrichtung öffnete. Ein weißhaariger Mann mit kunstvoll gezwirbeltem Schnauzbart wuchtete seinen beachtlichen Bauch nach vorn, um von der offenbar allzu bequemen Rückbank aufzustehen und aus dem Wagen auszusteigen. Nachdem es ihm mithilfe seines Chauffeurs endlich gelungen war, drehte er sich zu dem Mann und ließ sich von ihm von Kopf bis Fuß inspizieren. Hier und da zog der Fahrer die Jacke zurecht und rückte die Fliege gerade, dann reichte er ihm einen Zylinder.

»Der erinnert mich an diese Figur von *Monopoly*«, entfuhr es Nathalie, als der ältere Mann sich zu ihnen umdrehte und in Richtung Café ging.

»Ein passender Vergleich«, fand Louise amüsiert. »Immerhin dürfte Ridlington auch fast genauso reich sein.«

»Das ist Ridlington?«, fragte sie verdutzt. »Der oberste Boss von Baker's Belly?«

Louise und Ronald nickten bestätigend.

»Warum haben Leute, die Geld bis zum Abwinken besitzen, so oft einen so entsetzlichen Geschmack?«, wunderte Nathalie sich. »Ein zitronengelber Rolls-Royce … Das ist …«

»… nur teilweise Geschmacksverirrung«, führte Louise ihren Satz fort. »Du kennst bestimmt die Kuchen-Verpackungen von Baker's Belly, oder?«

»Aah«, machte Nathalie. »Die sind genauso gelb. Jetzt geht mir ein Licht auf.«

»Es ändert nichts daran, dass man so etwas einem Rolls-Royce nicht antun sollte«, warf der Constable ein und fügte grinsend hinzu: »Geschenkt würde ich ihn trotzdem nehmen.«

»Sagt der unbestechliche Polizist«, gab Louise zurück und stieß ihn mit dem Ellbogen an.

Nach ein paar Schritten kamen ihm Mrs Beaumont und ein Mann entgegengelaufen, den Nathalie noch nicht gesehen hatte. Er war schmal und überragte den eigentlich schon recht großen Ridlington sogar mitsamt Zylinder um ein paar Zentimeter. Sie unterhielten sich kurz, dann deutete Mrs Beaumont mit einer Kopfbewegung in Richtung Terrasse.

»Himmel!«, flüsterte Nathalie erschrocken. »Jetzt lass die drei bloß nicht herkommen!«

»Warum nicht?«, wollte der Constable wissen. »Du stellst immerhin dein Lokal zur Verfügung, da wird Ridlington doch ein paar Worte mit dir reden dürfen.«

»Ja, aber er dürfte gern damit warten, bis ich mich für den offiziellen Teil umgezogen habe«, erwiderte sie. »Ich sehe aus, als wäre ich eben erst aufgestanden, hätte mir übergestreift, was in Bettnähe auf dem Boden lag, und hätte mich nicht einmal gekämmt. Und genau so war es ja auch.«

»Ach komm schon, Nathalie«, versuchte die Köchin, sie zu beschwichtigen. »Es sind noch über zwei Stunden, ehe der Wettbewerb beginnt, und wir haben nach Kräften mitgeholfen. Da kann niemand von dir erwarten, dass du jetzt im kleinen Schwarzen dastehst und makellos geschminkt und frisiert bist, wenn du gar nicht weißt, ob vielleicht nicht doch noch irgendwelche Kisten von A nach B geschleppt werden müssen.«

Tatsächlich drehte sich Ridlington im nächsten Moment zu ihnen um und kam auf sie zu. Aus dem Augenwinkel konnte Nathalie beobachten, wie Louise hastig die zusammengeknüllten Küchentücher unter der Hecke versteckte, mit denen sie den Kuchen von Strutners Uniformjacke gewischt hatte. Bei diesem Anblick wurde Nathalie klar, dass die Situation für eine Begegnung mit Ridlington deutlich peinlicher hätte ausfallen können, wenn der Constable noch mit einer Lage Käsekuchen bedeckt dagestanden hätte.

»Miss Ames«, begann Ridlington, als er nahe genug war, um ihr die Hand entgegenzustrecken, die sie ergriff und schüttelte. »Ich möchte Ihnen vorab schon einmal dafür danken, dass Sie so bereitwillig in die Bresche gesprungen sind, nachdem das Café O'Lay nicht mehr verfügbar war.«

»Mr Ridlington, das ist doch selbstverständlich«, erwiderte Nathalie freundlich und stand auf. Der Mann musste nicht wissen, dass es ernste Kommunikationsprobleme gegeben hatte. Sie kannte ihn nicht persönlich; sie wusste nur, was Mrs Beaumont über ihn erzählt hatte. Das ließ ihn in keinem guten Licht dastehen, und sie wollte vermeiden, dass er nachträglich noch jemanden zur Rechenschaft zog. Es war ja alles noch in letzter Minute geregelt worden.

»Ich möchte das gleich zu Beginn des Wettbewerbs auch einmal vor den Teilnehmern und vor der Presse betonen«, redete er weiter, während er wie reflexartig ein gezwirbeltes Ende seines Schnurrbarts zwischen den Fingern drehte. »Deshalb würde ich mich freuen, wenn Sie im Saal anwesend wären, damit ich Sie zu mir bitten darf.«

»Das ist aber nicht nötig …«, begann Nathalie und winkte ab.

»Doch, das ist nötig«, beharrte er. »Und es ist nützlich. Das A und O eines erfolgreichen Geschäftsmanns oder – in Ihrem Fall – einer erfolgreichen Geschäftsfrau ist eine gute Medienpräsenz. Man muss jede Gelegenheit nutzen, seinen Namen oder sein Produkt in den Medien möglichst in den Mittelpunkt zu rücken, wenigstens aber erwähnt zu werden. Ganz unter uns, Miss Ames, so von Geschäftsmann zu Geschäftsfrau: Dieser Käsekuchenwettbewerb dient immer auch der Publicity. Sosehr mein Herz für diesen Kuchen schlägt, bin ich stets darauf bedacht, dass Baker's Belly in einem Atemzug mit dem Wettbewerb genannt wird. Lassen Sie sich diese Gelegenheit nicht entgehen, Miss Ames«, sagte er nachdrücklich. »Ich zähle auf Sie.«

Nachdem er gegangen war, stand Nathalie da und schaute unschlüssig drein.

»Was überlegst du?«, fragte Louise, die sich gemeinsam mit Ronald auf den Weg zum Black Feather machen wollte, dann aber merkte, dass Nathalie sich nicht von der Stelle rührte.

Sie schüttelte bedächtig den Kopf. »Ich weiß nicht. Ich kann mich nicht entscheiden, ob das jetzt ein Ratschlag von Geschäftsmann zu Geschäftsfrau war oder ob der kluge, ja allwissende Unternehmer dem kleinen, naiven Dummchen die Welt erklärt hat.«

»Ja, das habe ich mich auch gefragt«, stimmte Louise ihr zu. »Aber ich würde mir deswegen keine grauen Haare wachsen lassen.«

»Das musst ausgerechnet *du* sagen«, gab Nathalie lachend zurück.

»Ich muss Louise zustimmen«, warf der Constable ein. »Wenn es ein Ratschlag unter Ebenbürtigen war, dann ist das in Ordnung, und wenn Ridlington meint, er müsse dir erst mal erklären, wie das Geschäftsleben funktioniert, dann lass ihn einfach in dem Glauben. Du weißt es schließlich besser.«

Nathalie sah die beiden an und nickte schließlich. »Ja, ihr habt recht. Kommt, gehen wir ins Haus. Ich muss mich für meinen großen Auftritt in Schale werfen.«

Es war kurz nach ein Uhr an diesem Samstag, als endlich sämtliche aufgestaute Anspannung von Nathalie abfiel. Juror Kenneth Ridlington hatte den Käsekuchenwettbewerb für eröffnet erklärt und sich vor den Teilnehmern und vor der Presse voller Begeisterung über Nathalies Engagement geäußert. Ganz ohne vorherige Absprache hatte er auch noch die bewegende, aber frei erfundene Anekdote angehängt, wonach Nathalie schweren Herzens darauf verzichtet hatte, genau an diesem Samstag Trauzeugin bei der kirchlichen Hochzeit ihrer besten Freundin zu sein, mit der sie eine enge Freundschaft verband, seit sich ihre Familien vor vielen Jahren während eines Sommerurlaubs in Blackpool kennengelernt hatten.

Als die Anwesenden daraufhin Beifall klatschten, wäre Nathalie am liebsten vor Scham im Erdboden versunken, weil alle ihm diese Geschichte abnahmen, die zweifellos auf irgendwen in England zutreffen mochte, nur eben nicht auf sie. Ridlington lächelte sie dabei auf eine Weise an, die von den anderen im Café zweifellos als Geste der Dankbarkeit gedeutet wurde. Dabei war sein Lächeln jedoch genauso zwiespältig wie der Ratschlag, den er ihr draußen auf der Terrasse gegeben hatte. Es konnte Dankbarkeit sein, es konnte aber auch gut getarnter Spott sein, der die Frage vermittelte: »Na, kann ich die Leute um den Finger wickeln oder nicht?«

Sie nickte anerkennend, auch wenn es ihr überhaupt nicht behagte, dass er zu einem solchen Trick gegriffen hatte. »Ich danke Mr Ridlington für die lobenden Worte und wünsche Ihnen allen einen erfolgreichen Tag. Möge der beste Käsekuchen gewinnen!« Dann zog sie sich in den hinteren Teil des Cafés zurück, wo Louise und Ronald auf sie warteten.

»Wie selbstlos von dir«, merkte Louise grinsend an und zog vielsagend eine Augenbraue hoch.

Nathalie nickte missmutig und murmelte: »So bin ich nun mal.«

Ridlington ergriff wieder das Wort, während Mrs Beaumont und der dritte Juror Mr Kelsey – der hochgewachsene Mann, der zuvor vor dem Café mit dem Unternehmer gesprochen hatte – danebenstanden und sich sichtlich Mühe gaben, nicht zu gelangweilt dreinzuschauen.

»Die zwei gucken so, als könnten sie nicht erwarten, dass Mrs Buffridge endlich gewinnt, damit sie nach Hause gehen können«, raunte Louise ihr zu und sprach damit genau das aus, was Nathalie selbst bei diesem Anblick gedacht hatte.

»Bevor wir nun zum eigentlichen Wettbewerb kommen«, redete Kenneth Ridlington weiter, »wird unsere Vorjahressiegerin Mrs Rita Buffridge noch einmal ihren Siegerkuchen präsentieren, die Kreation ›Snowflake Cheesecake‹ mit einer köstlichen Schicht weißer Schokolade mit Whisky und dem längst legendär gewordenen, weil butterweichen Zuckerguss als krönendem Abschluss.«

Die schwarzhaarige Frau, die während der Eröffnungsrede am Rand gestanden hatte, trat vor und schob einen Servierwagen vor sich her, auf dem die von Ridlington gelobte Kreation stand.

Aus dem Augenwinkel sah Nathalie, wie Ronald missbilligend die Mundwinkel nach unten zog, als die Frau ein Stück aus dem Kuchen herausschnitt und dem Juror auf einem Teller präsentierte. Sie musste unwillkürlich darüber lächeln, dass der Constable sich so gegen diese Kuchenexperimente sträubte, andererseits hatte sie aber auch Verständnis für seine Haltung. Sie selbst konnte sich nur über den Nudelsalat freuen, den ihre Mutter zubereitete, während sie von all den exotischen

Varianten mit getrockneten Tomaten, Mandarinen oder gar Ananas überhaupt nichts hielt.

»Gemäß unserer Tradition werde ich in meiner Funktion als Chefjuror nun mit diesem Kuchen den Wettbewerb eröffnen«, verkündete Ridlington und griff zu einer Kuchengabel, die Mrs Beaumont ihm hinhielt.

Ehe Nathalie sich versah, hatte Ridlington das Stück aufgegessen, dann hielt er inne und sah Mrs Buffridge an, ohne ein Wort zu sagen. Seine Miene zeigte keine Regung, und fast schon rechnete Nathalie damit, dass er sich jeden Augenblick an den Hals fasste, zu röcheln begann und gleich tot umfiel. Nathalie ermahnte sich selbst. Sie durfte nicht anfangen, einfach überall Mord und Totschlag zu erwarten.

Nach einer schier endlos langen Pause zog der oberste Juror schließlich die Augenbrauen hoch und setzte ein rundum zufriedenes Lächeln auf. »Ein Genuss, Mrs Buffridge«, hauchte er verzückt. »Ein wahrer Genuss. Sie haben den Titel mehr als verdient.«

Mrs Buffridge zog den Servierwagen an den Rand zurück, dann gab sie den Kuchen einer der Kellnerinnen, die Nathalie zu diesem außergewöhnlichen Dienst eingeteilt hatte, und bat sie, den angeschnittenen Kuchen in den Kühlschrank zu stellen. Zwar hatte Mrs Beaumont beteuert, dass kein Personal notwendig sei, doch für Nathalie war es selbstverständlich gewesen, wenigstens zwei ihrer Bedienungen hinter der Kuchentheke zu platzieren, um sofort zu helfen, wenn irgendwo Not am Mann war.

Nachdem Ridlington einen halben Keks gegessen hatte, um den Geschmack des Siegerkuchens aus dem vergangenen Jahr zu neutralisieren, wandte er sich dem großen Tisch zu, der in der Mitte der langen, u-förmigen Tafel stand. Darauf angeordnet fanden sich in mehreren

Reihen je drei kleine Teller mit der gleichen Nummer für drei Portionen vom selben Kuchen. Feierlich ging der oberste Juror auf den Tisch zu, nahm einen der ersten drei Teller und stach mit der Gabel eine kleine Portion vom Probierstück ab, die er in den Mund nahm. Er schloss die Augen und ließ sich den Kuchen buchstäblich auf der Zunge zergehen. Erst nach einer Weile begann er fast andächtig zu kauen, wohl um jede Nuance des Aromas wahrzunehmen und zu analysieren.

Ridlington behielt das Stückchen viel länger im Mund als jeder, der einfach nur Kuchen aß, sodass es wie eine halbe Ewigkeit wirkte, ehe er schluckte und nach seinem Notizblock griff, der in einer Tabelle verschiedene Punkte abfragte, die er gewissenhaft erledigte.

Nachdem er wieder ein Stück Keks gegessen hatte, nahm Mr Ridlington den zweiten Teller auf und probierte auch von diesem Kuchen. Kaum war der Happen auf seiner Zunge gelandet, verzog Ridlington den Mund und machte eine so angewiderte Miene, als hätte er auf ein Stück verwestes Fleisch gebissen. So hastig er konnte, spuckte er alles auf den Teller und lief zurück zur Kuchentheke. Er drückte den Teller einer Bedienung in die Hand und brachte ein angestrengtes »Sofort entsorgen« heraus, dann griff er nach einer Flasche Mineralwasser, die auf dem Tisch stand, auf dem die drei Juroren ihre Utensilien abgelegt hatten. Er nahm einen großen Schluck, spülte und gurgelte eine Weile, um dann hinter die Theke zu gehen und in das Spülbecken auszuspucken.

»Damit kann man ja Leute vergiften«, murmelte er auf dem Weg zu den anderen, was aber im ganzen Raum zu hören war, da nach dem Zwischenfall Totenstille herrschte. Lediglich ein leises Schluchzen war zu vernehmen, das von einer jungen Frau kam, die noch keine achtzehn zu sein schien.

»Ich möchte wissen, ob dieser Bissen wirklich so entsetzlich war«, flüsterte Nathalie Louise zu, »oder ob das einfach Theater war, weil er den Kuchen zu ›normal‹ fand. Das Mädchen da drüben wird an der Reaktion jedenfalls noch lange zu knabbern haben.«

Louise nickte. »Sah für mich auch mehr nach Schau aus. Wenn der Kuchen wirklich so widerwärtig wäre, würde er bestimmt auch irgendeinen üblen Geruch verbreiten. Davon ist aber nichts zu merken.«

»Ist das eigentlich normal, dass er sich erst mal ganz allein durch die Probierstücke futtert?«, fragte Nathalie leise. »Ich kenne so was mehr in der Form, dass die Juroren gemeinsam von Kostprobe zu Kostprobe wandern und sich dabei auch austauschen.«

»Kenne ich fast auch nur so«, bestätigte Louise. »Aber Ridlington ist meiner Meinung nach jemand, der im Mittelpunkt stehen will. Und der sich nicht die Bühne mit anderen teilen möchte. Irgendwann hat er damit angefangen, sich in den Vordergrund zu schieben, und seitdem ist das Tradition.«

Nach einer gut zehnminütigen Pause, die Kenneth Ridlington damit verbrachte, trockenes Brot und Kekse zu essen, um seinen Geschmackssinn neu zu eichen, kehrte der Juror an die Tafel zurück und wandte sich der dritten Reihe zu. Dieser Käsekuchen fiel vor allem durch seinen intensiven Lilaton aus der Reihe, vermutlich durch die Zugabe von Heidelbeeren oder deren Saft hervorgerufen.

Ridlingtons zufriedenes Lächeln zeigte, dass seine Geschmacksknospen das Attentat gut überstanden hatten. Allerdings fiel auf, dass er den Happen wesentlich kürzer im Mund behielt, ehe er schluckte. Offenbar handelte es sich um eine ebenso schmackhafte, aber schlichtere Rezeptur, bei der es kaum Nuancen zu erforschen gab. Entsprechend zügig waren auch die dazugehörigen Notizen erledigt.

Ganz anders bei der vierten Probe, die Ridlington dazu veranlasste, noch einen zweiten Mundvoll zu nehmen. Hier standen die Fragezeichen dem Mann deutlich ins Gesicht geschrieben, so als wollte er beim besten Willen nicht auf diese eine Zutat kommen, die zwar markant war, aber doch so sehr unter allem anderen verborgen, dass ihm nicht einfallen wollte, was ihm da buchstäblich auf der Zunge lag.

Je weiter der Juror sich vorarbeitete, desto mehr Gefallen fand Nathalie an diesem Wettbewerb, dem sie zuvor nicht allzu viel hatte abgewinnen können. Drei Leute, die sich einer nach dem anderen durch fast dreißig Käsekuchenvarianten futtern und einen davon zum Besten küren – das hatte sich nicht sehr unterhaltsam angehört. Tatsächlich war es aber unterhaltsam, wenngleich auch für Nathalie aus einem anderen Grund als wohl für die meisten anderen. Sie hatte keinen Kuchen ins Rennen geschickt, ihr konnte es egal sein, wie das Ganze ausging. Interessant fand sie vielmehr Ridlingtons skurrile Mimik, mit der er viel zu übertrieben demonstrierte, was er gerade empfand. Es war so, als sähe man einem schlechten Schauspielschüler zu, der von seinem Lehrer eine Gefühlsregung nach der anderen zugerufen bekam, die er dann so deutlich umsetzen sollte, dass man auch in einem großen Theatersaal in der letzten Reihe immer noch gut erkennen konnte, was angeblich gerade in ihm vorging.

Bei Kostprobe Nummer vierzehn hielt Ridlington plötzlich inne und verzog kurz wie vor Schmerzen das Gesicht.

Nathalie beobachtete ihn daraufhin genauer, weil sie sich fragte, welche Art von Kritik dieses Zucken darstellen sollte. Sie gelangte zu dem Eindruck, dass Ridlington irgendwelche akuten Schmerzen hatte, die ihn in erster Linie zu irritieren schienen, die aber in keinem Zusammenhang mit der Kuchenprobe standen. Überhaupt kam es ihr so vor, als drehten sich in diesem Moment all seine Gedanken um die Frage, woher diese Schmerzen kamen, die ihn jetzt auch noch leise ächzen ließen. Es war nicht zu übersehen, dass er zu unterdrücken versuchte, was ihm zu schaffen machte. Genauso eindeutig war ihm auch anzumerken, dass er von dem Kuchen in seinem Mund praktisch keine Notiz mehr nahm, sondern nur noch instinktiv kaute, weil es etwas zu kauen gab.

Seine Haltung wurde immer verkrampfter, und dann zersprang der kleine Teller in seiner linken Hand, da seine Finger das feine Porzellan zu fest drückten. Ein Raunen ging durch die Menge, Ridlington stieß einen durch Mark und Bein gehenden Schmerzensschrei aus und kippte vornüber – genau auf die Tellerreihen mit den Probierstückchen darauf. Er begrub alles unter sich, und dann gab auch noch der lange Tisch unter dem Gewicht des Mannes nach und brach in der Mitte durch. Alle Teller, die links und rechts gestanden und den Sturz des Jurors unbeschadet überstanden hatten, gerieten ins Rutschen und landeten auf dem Mann, der nun mitten in diesem Chaos auf dem Boden lag und sich nicht mehr rührte.

Ein entsetzter Blick zu Louise und Ronald machte Nathalie klar, dass sie mit ihrer Vermutung nur allzu richtiglag: Ridlington war nicht mehr zu helfen. Er war tot.

Viertes Kapitel, in dem sich die Möglichkeit eines Mordes abzeichnet

»Ein Arzt!«, rief jemand. »Ist ein Arzt anwesend?«

Unruhe brach aus, einige Leute wollten auf sicheren Abstand zu Ridlington gehen, als fürchteten sie, der Mann würde jeden Moment explodieren. Andere wollten den Tisch, an dem sie saßen, nach vorn schieben, um näher an den reglos daliegenden Juror heranzukommen.

»Ruf Talradja an«, sagte Ronald zu Louise. »Dr. Francis ist am Wochenende bei seinem Sohn auf Guernsey.« Während sie nach dem Handy griff, sprang der Polizist auf und bellte zu den Wettbewerbsteilnehmern in einem so energischen Tonfall seine Befehle, dass Nathalie vor Schreck fast auch noch seine Anweisungen befolgt hätte:

»Niemand verlässt seinen Platz! Sie setzen sich jetzt alle wieder dorthin, wo Sie eben gesessen haben! Sie werden nichts anfassen, Sie werden Ihren Kuchen da stehen lassen, wo er steht! Sie werden nichts wegpacken und nichts zu Ihrem Wagen bringen, solange ich Ihnen nicht die Erlaubnis gegeben habe.« Er deutete auf eine der Kellnerinnen. »Lauren, schließen Sie die Tür ab, damit niemand das Café verlässt! Und drüben im Pub genauso.« Dann sah er zu Louise. »Was ist mit Talradja?«

Anstatt zu antworten, deutete sie auf den Durchgang zum Pub.

Soeben war der Gerichtsmediziner ins Café gekommen und warf Strutner einen fragenden Blick zu. »Ich hatte mir eben erst einen Teller Wursteintopf bringen lassen », sagte er, während er den auf dem zusammengebrochenen Tisch liegenden Juror entdeckte. »Na ja, abgekühlt wird der wohl auch noch schmecken«, meinte er ein wenig betrübt und ging zu Ridlington hinüber.

»Louise, Nathalie, bringt ihr bitte die Leute von der Presse hier raus?«, bat Ronald die beiden. »Sie können im Pub warten und werden von mir informiert, sobald es etwas zu vermelden gibt.«

Wie zu erwarten begannen die Reporter zu protestieren und verwiesen auf die Pressefreiheit. Hier und da war auch etwas von »Machtmissbrauch durch die Polizei« zu hören.

Nathalie, die sich allmählich von ihrem ersten Schreck erholte, baute sich beherzt vor der murrenden Truppe auf. »Damit wir uns richtig verstehen, meine Damen und Herren: Sie befinden sich auf privatem Grund und Boden; Sie sind hier, weil ich Ihre Anwesenheit mit Blick auf diesen Wettbewerb geduldet habe. Wenn es Ihnen lieber ist, werde ich jedem von Ihnen Hausverbot erteilen, dann warten Sie nicht nebenan im Pub, sondern draußen in der Kälte, bis Constable Strutner Ihnen irgendwelche Informationen gibt.« Sie schaute in die Runde und lächelte verbindlich. »Ich denke doch, der beheizte Pub ist die bessere Alternative, nicht wahr?«

Unter anhaltendem Murren zog sich die Gruppe von Journalisten daraufhin in den Pub zurück.

Talradja, dessen dunkler Teint und schwarze Haare keinen Zweifel an der indischen Herkunft ließen, die sein Name erahnen ließ, ging um den durchgebrochenen Tisch herum und hockte sich so hin, dass er Ridlingtons Hals nach dem Pulsschlag abtasten konnte. Nachdem seine Finger eine Weile über die Haut gewandert waren, schüttelte er den Kopf und sagte zu Ronald: »Er ist tot, Constable.« Dann fragte er: »Ist dieser Mann der umstrittene Juror, von dem man mir erzählt hat?«

»Ja, das ist er.«

»Was ist passiert?«, wollte der Gerichtsmediziner wissen, der gleich darauf nachdenklich nickte, nachdem Strutner ihm mit wenigen Worten geschildert hatte, was sich vor aller Augen zugetragen hatte. »Gut«, sagte er dann leise. Außer dem Polizisten sollte es niemand hören. »Es könnte ein Herzinfarkt gewesen sein, aber angesichts der besonderen Umstände halte ich es eher für einen Mord. Möglicherweise kam irgendein Gift zum Einsatz, doch das muss ich erst noch untersuchen. Auf jeden Fall müssen wir vorsorglich alle Kuchen sicherstellen und auch alles, was auf dem Boden gelandet ist oder an der Kleidung des Toten klebt.«

»Das wird eine Freude«, murmelte Ronald und wandte sich an die Teilnehmer. »Meine Damen und Herren, Sie bleiben bitte alle weiterhin auf Ihren Plätzen. Meine beiden Assistentinnen« – er deutete auf Louise und Nathalie – »und ich werden als Nächstes Ihre Personalien aufnehmen, Ihren Kuchen als Beweisstück sicherstellen und Sie und Ihre Jacken, Taschen und so weiter durchsuchen. Ferner werden wir uns Ihre Fahrzeuge genauer ansehen«, fügte er an, während er seiner vorgesetzten Dienststelle eine SMS schickte und Personal anforderte, um diese Aufgabe zu bewältigen. »Anschließend werden wir Ihre Aussage aufnehmen. Das Ganze wird einige Zeit in Anspruch nehmen, daher kann ich Sie nur um Geduld bitten. »

»Einen Moment mal, Constable«, rief eine Frau, die ein Stück links von ihm saß, »Sie behandeln uns, als hätten wir jemanden umgebracht. Was soll denn das? Ist ja wirklich tragisch, dass Ridlington ausgerechnet hier einen Herzinfarkt bekommt und das Zeitliche segnet, aber deshalb müssen Sie uns doch weder festhalten noch durchsuchen!«

»Lady«, mischte sich Talradja ein, bevor Strutner etwas erwidern konnte, »*Mr* Ridlington ist möglicherweise einem Herzinfarkt erlegen. Möglicherweise. Doch es ist auch nicht auszuschließen, dass er auf eine andere, unnatürliche Weise ums Leben gekommen ist.«

»Unnatürliche Weise?«, wiederholte die Frau irritiert.

»Mord«, sagte der Gerichtsmediziner. »Schlicht und einfach Mord.«

»Ach was, das war ein Herzinfarkt!«, beharrte sie. »Ist doch kein Wunder, wenn man so eine Wampe mit sich herumträgt. Das sieht ja ein Kind, dass der Mann eine tickende Zeitbombe war.«

Talradja lächelte geduldig. »Es mag sein, dass ein Kind das sehen kann, aber ich verlasse mich nicht auf das, was ein Kind sieht. Die Todesursache ist ohne Obduktion nicht festzustellen, und das heißt, dass Mr Ridlington durchaus einem Mord zum Opfer gefallen sein könnte.«

»Ja, wir haben alle zusammengelegt, um einen Killer

anzuheuern«, meldete sich ein Mittfünfziger auf der anderen Seite in ironischem Tonfall zu Wort. »Wir wollten den alten Ridlington loswerden, damit seine heimliche Geliebte endlich nicht mehr jedes Jahr gewinnt. Dieser Wettbewerb ist uns so wichtig, dass wir sogar über Leichen gehen«, fügte er spöttisch an.

»Ich bin nicht seine heimliche Geliebte!«, rief Rita Buffridge aufgeregt dazwischen. Sie wirkte ungewöhnlich blass. »Es ist doch nicht meine Schuld, wenn Sie …«

Der Rest ging in einem so lauten und schrillen Ton unter, dass sie alle sich die Ohren zuhielten. Schließlich nahm Constable Strutner seine Trillerpfeife aus dem Mund und sah sich um, dann nickte er. »Schon besser«, sagte er. »Ihre gegenseitigen Schuldzuweisungen können Sie sich sparen, bis wir Ihre Aussage aufnehmen. Und was Sie gesagt haben, Mister …«

Der Mann, der den angeheuerten Killer erwähnt hatte, wirkte mit einem Mal recht kleinlaut. »Tenpole. Eddie Tenpole. Das sollte ein Scherz sein.«

»Sie kennen doch bestimmt den Spruch ›Alles, was Sie sagen, kann vor Gericht gegen Sie verwendet werden‹«, gab Ronald zurück. »Überlegen Sie sich also gut, ob es angebracht ist, den toten Mr Ridlington auch noch zu verhöhnen.«

Tenpole senkte betreten den Blick und murmelte etwas vor sich hin, was nach einer Entschuldigung klang.

»Gut«, sagte der Constable. »Ich habe Ihnen ja bereits erklärt, wie wir vorgehen werden. Wenn einer von Ihnen beobachten sollte, dass jemand versucht, irgendetwas verschwinden zu lassen oder seinem Platznachbarn unterzuschieben, sagt er uns bitte sofort Bescheid.« Er drehte sich zu Nathalie und Louise um und nickte ihnen zu. »Dann wollen wir mal«, gab er seufzend das Startsignal.

Als Nathalie nachts um halb drei ins Bett sank, wollte sie eigentlich nur noch schlafen, doch die Ereignisse des vergangenen Tages hielten sie weiter wach. Dabei konnten sie noch froh sein, dass alles doch relativ schnell erledigt worden war. Keine Stunde nach dem Hilferuf per SMS war der Bus mit den Polizeianwärtern eingetroffen, die schon zuvor einmal in Earlsraven zum Einsatz gekommen waren, als es gegolten hatte, das Geschäft des Antiquitätenhändlers Stuart Burlington nach Beweisen zu durchsuchen, und die wie alte Bekannte begrüßt wurden. Wie der Zufall es wollte, hatten die knapp dreißig jungen Frauen und Männer erst kürzlich in einem Ausbildungszentrum nahe der Südküste an einem Spezialseminar rund um das Thema »Tatort- und Spurensicherung« teilgenommen.

Gemeinsam mit ihnen waren auch die drei Kursleiter nach Earlsraven gekommen, weil sie sich nicht die Gelegenheit entgehen lassen wollten, ihren Schülern an einem realen Tatort zu zeigen, wie man echte Spuren sicherte. Im Wechsel waren zwei Drittel der Gruppe auf den Parkplätzen vor und hinter dem Black Feather damit beschäftigt, die Wagen der Wettbewerbsteilnehmer auf den Kopf zu stellen und nach Substanzen zu durchsuchen, die zu Kenneth Ridlingtons Tod geführt haben konnten. Das jeweils andere Drittel war im Café aktiv, verpackte Torten und etikettierte sie, durchsuchte die Habseligkeiten, die die Teilnehmer bei sich trugen, nach möglichen Spuren von Giften und nach Geheimverstecken, in denen irgendetwas aufbewahrt worden sein konnte. Auf unzähligen Fotos wurde der unter Ridlington zusammengebrochene Tisch festgehalten, um später die ursprüngliche Position der vielen Teller nachvollziehen zu können, da sie nach dem Fotografieren einer nach dem anderen weggenommen, verpackt und nummeriert wurden.

Schließlich war der Moment gekommen, an dem der Tote bewegt wurde. Behutsam drehten sie ihn mit mehreren Leuten um, wobei dieser Vorgang nicht nur fotografiert, sondern auch mitgefilmt wurde, um festzuhalten, welche Teller sich dabei lösten, damit auch ihre Position später noch nachvollziehbar war. Als Ridlington auf dem Rücken lag, wurde zunächst mit einer bemerkenswerten Akribie in Gemeinschaftsarbeit bestimmt, welche an seinem schwarzen Anzug klebenden Kuchenreste zusammengehörten. Diese Arbeit war aber eine Kleinigkeit im Vergleich zu dem Durcheinander, das auf der ursprünglich weißen Decke herrschte, die auf dem Tisch gelegen hatte. Nicht nur, dass unter Ridlingtons Gewicht alles zerquetscht worden war, was sich unter ihm befunden hatte – dort war auch alles gelandet, was beim Zusammenbruch des Tisches ins Rutschen geraten war und vor der Bergung des Leichnams nicht mehr hatte beiseitegeschafft werden können.

Die Polizeischüler trennten die verschiedenen Kuchen unter Anleitung eines Ausbilders, so gut sie konnten, und verpackten alles in Plastikbeutel, die beschriftet wurden. Es war nicht zu übersehen, dass die angehenden Polizisten beweisen wollten, wie gründlich sie arbeiten konnten. In ihren Schutzanzügen mit Kapuze und Handschuhen wirkten sie zeitweise wie eine Gruppe Außerirdischer, die auf der Erde notgelandet waren und aufgeregt umherliefen.

Nachdem alles dokumentiert war, was sich hier vor Ort dokumentieren ließ, übernahm Dr. Talradja den Leichnam und ließ den Bestatter kommen, damit der den Toten in die Gerichtsmedizin bringen konnte. Talradja stand eine lange Nacht bevor, da es erst gegen halb sieben am Abend möglich gewesen war, Ridlington freizugeben.

Die Feststellung der Personalien aller Anwesenden war noch die leichteste Aufgabe gewesen, da Mrs Beaumont ihnen eine Kopie der Datei überließ, die alle Angaben zu den Teilnehmern des Wettbewerbs enthielt. Beim Blick auf die ausgedruckte Liste war Louise eingefallen, dass da ja noch diese Frau gewesen war, die Ronald mit dem Käsekuchen beworfen hatte. Sie war nach der Aktion nach Hause gefahren, da sie keinen Kuchen mehr hatte vorweisen können, aber zum Glück erinnerte sich Louise an die Küchentücher, mit denen sie Ronalds Uniform abgewischt und die sie hastig unter die Hecke am Rand der Terrasse geworfen hatte, als Ridlington zu ihnen gekommen war. Auch wenn so gut wie sicher war, dass diese Frau mit einem eventuellen Mord nichts zu tun haben konnte, sollte ihr Kuchen allein der Vollständigkeit halber dennoch untersucht werden.

Während die Polizeischüler und ihre Ausbilder Stück für Stück Spuren sicherten und Beweismittel katalogisierten, wurden die Teilnehmer sowie die beiden Juroren einer nach dem anderen aus dem Café gerufen und in Nathalies Büro geführt, wo der Constable mit jedem einen Fragenkatalog durchging, den er zuvor mit Nathalies und Louise' Hilfe zusammengestellt hatte. Um später noch nachvollziehen zu können, ob jemand so wie Eddie Tenpole etwas in einem ironischen Tonfall sagte oder doch absolut ernst meinte, zeichnete Strutner jedes Verhör mit seinem Smartphone auf. Gleichzeitig notierte er sich einige wichtige Punkte, um nicht jede Aufnahme durchsuchen zu müssen.

Der Constable war gezwungen, jede Aussage persönlich aufzunehmen, damit sie juristisch nicht angefochten werden konnte. Louise und Nathalie leisteten ihm abwechselnd Gesellschaft und griffen mit gelegentlichen Zwischenfragen ein, wenn sie merkten, dass Ronald mit fortgeschrittener Uhrzeit nachlässig wurde und allzu vage Antworten durchgehen lassen wollte.

Die Teilnehmer zeigten sich am Ende kooperativer als zunächst angenommen, da doch einige Unruhe entstand, als die Polizeianwärter begannen, die Leute abzutasten und ihre Taschen und Handtaschen zu durchsuchen. Wer seine Aussage gemacht hatte, wurde durch den Pub nach draußen gebracht und gebeten, für Nachfragen zur Verfügung zu stehen und es der Polizei mitzuteilen, falls ein längerer Auslandsaufenthalt anstand.

Irgendwann, als sie den Tag vor ihrem inneren Auge noch einmal Revue passieren ließ, musste Nathalie dann doch eingeschlafen sein. Zumindest träumte sie in dieser Nacht von riesigen Käsekuchen, von denen sie durch ein Labyrinth gejagt wurde …

Am Sonntagnachmittag kam Constable Strutner mit einer dicken Mappe unter dem Arm zum Black Feather, gerade als Louise und Nathalie auf der Caféterrasse eine Pause einlegten, um die Sonne zu genießen, die an diesem Februartag für die ersten zweistelligen Temperaturen in diesem Jahr sorgte. Die beiden saßen gemütlich an einem Tisch ganz vorne, hatten die Beine jeweils auf einen der freien Stühle gelegt und tranken Tomatensaft aus einem Cocktailglas, das sie mit einem Papierschirmchen verziert hatten.

Ronald schüttelte amüsiert den Kopf. »Wisst ihr beide eigentlich, welches Bild ihr hier abgebt? Was sollen eure Mitarbeiter von euch denken, wenn sie euch hier so sehen?«

»Sie werden denken, dass sie in mir eine völlig relaxte Chefin und in Louise eine völlig relaxte Chefköchin haben«, antwortete Nathalie und zwinkerte ihm zu. »Dabei sind wir in Wahrheit nur eines: todmüde. Vor allem nach der Aktion heute Morgen.«

Er sah sie fragend an: »Welche Aktion heute Morgen?«

Sie atmete tief durch und erwiderte: »Um sieben Uhr in der Frühe standen zwei Busse mit insgesamt siebzig oder achtzig Jugendlichen aus Frankreich vor der Tür und haben uns um Frühstück angebettelt, weil sie von ihrer Schule unten bei Plymouth in einer Herberge untergebracht waren, deren Betreiber sich über Nacht aus dem Staub gemacht haben, weil die Steuerfahndung ihnen auf den Fersen ist. Die haben für fünf Übernachtungen das Geld kassiert, und am ersten Morgen war niemand mehr da, und in der Küche gab es außer drei verschrumpelten Äpfeln nichts mehr zu essen.«

»Oh, dann war das eine kurze Nacht«, stellte Ronald fest. »Hatte ich aber auch. Ich habe noch bis kurz vor sechs heute Morgen alle Abfragen zu den möglichen Vorstrafen der Teilnehmer erledigt, und um zehn bin ich wieder aufgestanden, um mir anzusehen, wer von den Anwesenden zum möglichen Täterkreis gehört und wen ich mit großer Wahrscheinlichkeit ausschließen kann.«

Als Nathalie den Constable so reden hörte, kam es ihr vor, als ob sie einen ganz anderen Menschen vor sich hätte als den, den sie vor einem Jahr kennengelernt hatte, als sie das erste Mal nach Earlsraven gekommen war. Der Mann, der ein Verhältnis mit ihrer Tante Henrietta gehabt hatte und der ihr von Louise anfangs als »etwas trottelig« beschrieben worden war, zeigte sich immer wieder überraschend kompetent. Nathalie wurde das Gefühl nicht los, dass er sich entweder nur so dumm gestellt hatte, weil er wusste, Henrietta würde schon Mitleid mit ihm haben und ihm helfen, wo es nur ging.

Oder aber er war von ihrer bestimmenden Art so überrollt worden, dass er sich unterlegen gefühlt hatte, was für ihre Tante wiederum Anlass genug gewesen war, ihm zu sagen, wo es langging. Nathalie selbst jedenfalls fand schon lange nicht mehr, dass Ronald trottelig war.

»Und was hast du herausgefunden?«, wollte Louise wissen.

Der Constable zog sich einen Stuhl heran, damit die beiden Frauen ihre bequeme Sitzposition beibehalten konnten. »Ehrlich gesagt ist die Lage noch ganz überschaubar. Wir haben insgesamt neunundzwanzig Teilnehmer plus diese Jennifer Scott, die aber das Black Feather gar nicht erst betreten hat, sondern abgefahren ist, nachdem ihr Käsekuchen auf meiner Uniform gelandet war. Selbst wenn sie einen vergifteten Kuchen mitgebracht haben sollte, ist der nie in den Wettbewerb gelangt …«

»… sondern in Küchentücher eingerollt unter der Hecke da gelandet«, führte Louise fort und wies neben sich. »Gut, dass uns das noch eingefallen ist. Falls sich irgendetwas in diesem Teig oder der Quarkmasse befunden hat, was da nicht reingehört, werden wir es bald aus dem Labor erfahren.«

Der Constable nickte. »Ganz genau. Von diesen neunundzwanzig Teilnehmern sind zehn in diesem Jahr zum ersten Mal mit dabei. Keiner von denen weist irgendwelche Vorstrafen auf, keiner von ihnen ist jemals wegen irgendwelcher Handgreiflichkeiten auffällig geworden, also keine Neigung zur Gewalt. Diese zehn können wir bis auf Weiteres als Täter ausschließen …«

»Ja, denn von diesen zehn dürfte keiner auf Ridlington wütend sein«, stimmte Louise ihm zu. »Die haben noch nie gegen Rita Buffridge verloren, wissen vielleicht nicht mal, dass sie die Dauersiegerin im Wettbewerb ist, und treten ganz ohne Erwartungen an.«

»Richtig. Aus dem gleichen Grund glaube ich auch, dass die Ersttteilnehmer aus dem letzten Jahr aus dem Kreis der Verdächtigen herausfallen. Von dreißig Teilnehmern kann nur einer den ersten Platz belegen, und wer erwartet schon, beim ersten Anlauf direkt den Sieg einzufahren? Von diesen zwölf Teilnehmern wird auch niemand so frustriert sein, dass er Ridlington aus dem Weg räumen wollte.«

»Und wenn einer der aktuellen Teilnehmer mit einem der früheren frustrierten Teilnehmer befreundet oder sogar verwandt ist und in dessen Auftrag gehandelt hat?«, wandte Nathalie ein. »Auf die Weise hat der eigentlich Verdächtige ein Alibi, weil er sich zum Zeitpunkt des Wettbewerbs ganz woanders aufgehalten hat, und der wahre Täter fällt als Neuling durchs Raster.«

Strutner nickte zustimmend. »Diese Möglichkeit besteht natürlich, aber der werden wir erst nachgehen, wenn sich unsere Hauptverdächtigen alle als unschuldig erwiesen haben. Sonst verzetteln wir uns in einem Wust von Informationen, und der Täter sucht in der Zwischenzeit das Weite.«

»Ja, stimmt. Doch dann bleiben noch sieben. Oder fallen noch mehr raus?«, fragte Nathalie.

»Eine Teilnehmerin sollte noch rausfallen«, antwortete Ronald. »Rita Buffridge dürfte eigentlich keinen Grund gehabt haben, Ridlingtons Tod zu wollen. Ich betone ›dürfte‹, weil wir natürlich nicht wissen, was genau zwischen den beiden gelaufen ist.«

Louise nickte. »Ja, angeblich hatten sie ein Verhältnis, angeblich gab es ein Zerwürfnis, angeblich hat er sie um Anteile an den Umsätzen ihrer Kuchenkreationen betrogen. Das sind alles nur Behauptungen, für die wir bislang keine Belege haben und die Mrs Buffridge alle entschieden zurückweist.«

»Wer bleibt denn noch übrig, wenn wir Mrs Buffridge erst mal außer Acht lassen?«, wollte Nathalie wissen.

»Also, da hätten wir zunächst einmal Eddie Tenpole«, begann der Constable. »Das war der, der so spöttisch den angeheuerten Killer ins Feld führte.«

»Hältst du das für möglich?«, fragte Louise. »Er hat das doch nicht ernst gemeint, oder?«

»Na ja, manchmal ist es gerade die Wahrheit, die mit so viel Ironie vorgetragen wird«, erwiderte er. »Wer glaubt schon, dass jemand vor versammelter Mannschaft ein solches Geständnis ablegt? Ich halte ihn ehrlich gesagt auch nur für einen Schwätzer, der sich ein bisschen hervortun wollte, doch da er sich für so witzig hält, möchte ich ihn auf jeden Fall noch eine Weile schwitzen lassen.« Strutner schlug die mitgebrachte Mappe auf, legte den Vorgang ›Tenpole‹ zur Seite und las den nächsten Namen vor. »*Sue Mandle.* Sie ist jetzt seit acht Jahren beim Wettbewerb dabei, hat natürlich nie gewonnen, ist aber ein paarmal Vierte geworden und macht keinen Hehl daraus, dass Ridlington schon vor langer Zeit sein Amt als Juror seinem Sohn hätte übergeben sollen, damit diese Farce ein Ende hat, wie sie selbst sagt.«

»Warum macht sie überhaupt noch mit?«, wunderte sich Nathalie und nippte an ihrem Tomatensaft. »Bei so viel Frust hätte ich doch längst meine Sachen gepackt und wäre auf die Suche nach einem anderen Wettbewerb gegangen.«

Er zuckte mit den Schultern. »Das ist schwer zu sagen, weil sie selbst keine Antwort darauf wusste. Ich glaube, bei ihr verhält sich das genauso wie bei den Leuten, die sich immer eine bestimmte Fernsehsendung anschauen, nur um sich dann darüber zu ereifern, wie entsetzlich schlecht die doch ist.«

Nathalie überlegte kurz, dann sagte sie: »Hm. Aber dann wäre es doch dumm von ihr, Ridlington zu ermorden. Schließlich weiß doch keiner, ob der Wettbewerb nach seinem Tod überhaupt fortgeführt wird oder ob sein Sohn die Sache damit für beendet erklärt.«

»Stimmt schon«, meinte Ronald. »Allerdings kann auch niemand wissen, ob sie sich die gleichen Gedanken macht wie wir oder ob ihr das erst jetzt klar wird, nachdem Ridlington tot ist.« Er blätterte weiter. »Dann hätten wir Elena Wadlikovsky. Seit zwölf Jahren nimmt sie teil. In den ersten beiden Jahren hatte sie gewonnen, und dann kam Rita Buffridge.«

»Und auf und davon waren ihre Einnahmen aus dem Kuchenverkauf«, kommentierte Louise.

»Elena behauptet, Ridlington habe ihr nach dem zweiten Sieg weitere Siege in Aussicht gestellt«, fuhr der Constable fort, »wenn sie sich zu einer Affäre mit ihm bereit erklärt. Was sie abgelehnt hat, weil sie glücklich verheiratet war und ist.« Er zuckte flüchtig mit den Schultern. »Wir können nicht ausschließen, dass es stimmt. Aber das ist natürlich alles mit sehr viel Vorsicht zu genießen, wenn die gegnerische Seite sich nicht mehr äußern kann. Elena sagt, sie hat danach aus Trotz weiter am Wettbewerb teilgenommen, um ihm nicht den Triumph zu gönnen, dass sie seinetwegen das Feld geräumt hat.«

»Und sie hat sich Jahr für Jahr von ihm demütigen lassen, weil er sie nie wieder zur Siegerin gekürt hat«, murmelte Nathalie und schüttelte den Kopf. »Es ist immer wieder erstaunlich, wie sich Menschen verhalten. Ich meine, ich weiß, dass ich nicht mehr gewinnen kann, weil ich nicht mit dem Juror ins Bett gegangen bin, und trotzdem mache ich immer wieder mit? Ich verstehe das nicht. So ist es doch *gerade* ein Triumph für Ridlington gewesen.«

Louise nickte. »Stimmt, so kann man es auch sehen.«

»Nummer fünf …«, begann Ronald, gerade als sich ein noch sehr junger Mann mit wilder Rastafrisur ihrem Tisch näherte. Der Constable verstummte, damit kein Außenstehender mithörte, was er zu berichten hatte.

»Ja?«, fragte Nathalie freundlich.

»Ähm … Sie sind doch Miss Ames, richtig?«, erkundigte sich der junge Mann mit krächzender Stimme.

»Das kommt darauf an«, gab sie zurück.

Der junge Mann sah sie verständnislos an. »Das kommt darauf an?«, wiederholte er leise und kratzte sich am Kopf. »Wann sind Sie denn nicht Miss Ames?«

»Na, zum Beispiel falls Sie vom Finanzamt kommen und von mir acht Millionen Pfund Einkommensteuer haben wollen«, antwortete sie und zwinkerte ihm fröhlich zu.

Die Miene des jungen Mannes hellte sich auf. »Oh, ich verstehe.« Er lachte. »Sie müssen wissen, ich komme von der *Raven Times* und wollte mich erkundigen, ob Sie schon etwas Näheres zu dem Vorf…«

Weiter kam er nicht, da Strutner ihm ins Wort fiel. »Die *Raven Times* ist das letzte Mal vor über fünf Jahren erschienen«, sagte er energisch. »Wenn Sie sich schon als Reporter ausgeben, dann suchen Sie sich wenigstens eine Zeitung, die auch existiert.«

»Oh, Constable, entschuldigen Sie, doch ich arbeite wirklich für die *Raven Times* …«

»Die *Raven* ist früher zweimal wöchentlich erschienen, dann wurde sie auf eine Ausgabe pro Woche reduziert«, erklärte Louise an Nathalie gewandt. »Und schließlich ist sie ganz eingestellt worden, weil sie gegen die überregionalen Blätter und deren Onlineangebot nicht mehr bestehen konnte. Wer will schon einmal in der Woche eine Zeitung lesen, deren Meldungen im Internet bereits vor Tagen veröffentlicht wurden?«

»Wenn die Artikel gut recherchiert sind ...«, wollte Nathalie einwenden, aber die Köchin winkte ab.

»Zum Schluss war da nichts mehr recherchiert, sondern es wurde nur noch gnadenlos aus dem Internet abgeschrieben.«

»Oh ...«, machte Nathalie.

»Die *Raven Times* erscheint ab übernächster Woche wieder«, rief der junge Mann, der sichtlich all seinen Mut zusammengenommen hatte, um den »Erwachsenen« ins Wort zu fallen.

»Was?«, fragten Louise und Ronald gleichzeitig.

»Ja, die *Raven Times* ist ab übernächster Woche wieder als richtige Zeitung erhältlich, also richtig auf Papier gedruckt und so.«

»Wer macht denn so was?«, wunderte sich der Constable. »Das ist doch völlig überholt.«

»Kennen Sie Bob Larkin?«, wollte der junge Mann wissen.

»Der Multimilliardär?«, gab Nathalie zurück. »Was hat er damit ... Moment mal ... warten Sie ... Bob Larkin ... Ich habe mal einen Artikel über ihn gelesen; er ist doch irgendwo hier geboren, oder nicht?«

Der junge Mann nickte. »In East-Thwaite. Nicht weit von hier. Aber das weiß kaum jemand, weil seine Mutter mit ihm kurz nach der Geburt nach London zog, heiratete und nach New York auswanderte.«

»Wo er zum Milliardär aufstieg«, fügte Nathalie hinzu. »Dann hat er sich auf einmal an seine Wurzeln erinnert?«

»Er hat sie nie vergessen«, erklärte der junge Mann.

»Seine Großmutter hat ihm bis zu ihrem Tod immer die *Raven Times* geschickt. Das war vor ungefähr sechs Jahren. Dass es die Zeitung nicht mehr gibt, hat Mr Larkin erst vor einem halben Jahr erfahren. Für ihn war sie stets so etwas wie eine Institution, und er sagt, Institutionen stellt man nicht einfach ein. Darum erscheint die *Raven Times* jetzt wieder.«

»Er wird damit aber keinen Gewinn machen können«, wandte Ronald ein und verdrehte gleich darauf die Augen. »Als kümmerte es einen Multimilliardär, ob er ein paar Tausend Pfund Verlust mit einer Zeitung macht!«

»Mit einer *Institution*«, korrigierte ihn der junge Mann.

»Und Sie arbeiten für die Zeitung?«, hakte Nathalie nach, woraufhin er ihr seine Visitenkarte gab. »*Yassid Newton, Reporter*«, las sie leise vor. »*Redaktion Lokales.*« Sie nickte bedächtig und sagte dann: »Gut, Mr Newton …«

»Sie können mich ruhig Yassid nennen. Mr Newton klingt so …«

»Alt?«

»Nein, so … nach Anzug und so.«

»Also gut, Yassid«, meinte sie schmunzelnd. »Ich kann Ihnen derzeit zu den Vorgängen im Café gar nichts verraten, weil ich als Assistentin unseres Constables in die Ermittlungen einbezogen bin. Daher weiß ich nur Internes, und Internes plaudere ich nicht aus.«

Yassid sah ein wenig betreten drein, nickte aber verstehend. »Das ist okay, Miss Ames. Ich würde mich nur freuen, wenn Sie oder Sie, Mr Constable, mir vor Redaktionsschluss irgendein Detail zum Fall verraten würden, das exklusiv in der *Raven Times* abgedruckt werden kann. Dann könnten wir zeigen, dass wir nicht von gestern sind.«

Nathalie sah Ronald an und nickte ihm zu.

Der Constable räusperte sich und sagte: »Ja, darüber können wir reden, wenn es so weit ist. Rufen Sie mich an, kurz bevor Sie Redaktionsschluss haben. Dann werde ich sehen, was ich Ihnen exklusiv verraten kann.« Nach einer kurzen Pause fügte er hinzu: »Ich möchte ja auch, dass die *Raven Times* an alte Zeiten anknüpft.«

Der junge Reporter dankte ihnen allen und verabschiedete sich.

Ronald widmete sich ohne einen weiteren Kommentar wieder seiner Mappe mit den Verdächtigen. »Nummer fünf ist Nathan Whitmore. Er ist seit sieben Jahren jedes Jahr mit dabei und hat bei seiner Befragung keinen Hehl daraus gemacht, dass er ganz und gar nicht traurig über Ridlingtons Tod ist. Er glaubt, dass jetzt alles besser wird und dass die kommende Jury das Regelwerk so ändert, dass niemand zehn Jahre in Folge den besten Käsekuchen backt. Natürlich kam dann noch die Einschränkung, er selbst würde ja niemals einem Menschen etwas antun, doch Ridlingtons Mörder hätte ihnen allen einen Gefallen getan.«

Nathalie atmete seufzend durch. »Nicht zu fassen. Ich kann ja verstehen, wenn Menschen Diktatoren hassen, die ihre Familie umgebracht haben, oder wenn eine Frau den Mann hasst, von dem sie regelmäßig verprügelt wurde. Und da habe ich auch Verständnis, wenn jemand zurückschlägt und den Peiniger spüren lässt, was er anderen antut. Aber … ein dämlicher Käsekuchen soll Grund genug sein für so viel Hass, dass man einem Mörder auf die Schulter klopfen möchte?« Sie schüttelte verständnislos den Kopf. »Leute wie dieser Whitmore, die haben doch jegliche Verhältnismäßigkeit verloren.«

Ronald räusperte sich. »Da gebe ich dir uneingeschränkt recht. Doch kommen wir zu unserem sechsten …«

»Oh«, murmelte Nathalie, da in diesem Moment mit einem »Ping!« eine SMS auf ihrem Smartphone eingegangen war. »Lass mich das eben noch schnell lesen. Ich warte nämlich auf eine Rückmeldung vom Lieferanten, wann die bestellten Servietten eintreffen werden.« Sie sah auf das Display und machte wieder: »Oh!« Dann rief sie die SMS auf, die von Fred stammte: *Hast du heute Abend Zeit?*

Tut mir leid, wir ermitteln noch, schrieb sie zurück.

Dann gut Fang!, kam die prompte, von einer Schar Smileys begleitete Antwort.

»Und? Wann kommen sie?«, erkundigte Louise sich plötzlich.

»Was?« Nathalie schreckte hoch. »Wer?«

»Na, die Servietten.«

»Oh, ähm, das war … das waren nicht die …«

»Grüß Fred von mir«, meinte Louise und zwinkerte Ronald zu.

»Zu sp… Sag mal, woher wusstest du *das* denn?«, fragte Nathalie.

»Ich habe das verräterische Lächeln gesehen, das eben deine Mundwinkel umspielt hat.«

Nathalie stöhnte frustriert auf, musste aber zugeben, dass es stimmte, was Louise beobachtet hatte. Fred brachte sie tatsächlich zum Lächeln und oft genug auch zum Lachen. Es ärgerte sie, ihm absagen zu müssen, doch sie wusste, sie konnte nicht guten Gewissens den Abend mit ihm verbringen, wenn ihre Freunde sich die Nacht um die Ohren schlugen, um einem Mord auf den Grund zu gehen.

»Könnten wir denn jetzt …«, begann der Constable,

machte gleich wieder eine Pause und schaute sich um, ob nicht irgendwo jemand zu entdecken war, der in den nächsten Sekunden ihren Tisch erreichen und sie schon wieder bei ihrer Besprechung stören würde, »… zum sechsten Verdächtigen kommen?«

Die beiden Frauen nickten ungeduldig.

»Nur zu«, forderte Louise ihn auf.

»Das ist Mira O'Malley. Sie ist genauso lange dabei wie Elena Wadlikovsky, hat aber zwangsläufig noch nie gewonnen«, erzählte er. »Sie ist auch sehr erleichtert darüber, dass der alte Ridlington nicht länger als Chefjuror dem Wettbewerb vorsteht, sondern nun tot ist. Sie hat sich sogar immer gleich für das nächste Jahr angemeldet, weil sie darauf gehofft hat, kurz vor dem Termin zu hören, dass es ihn ›dahingerafft‹ hat.«

»Seltsame Erwartungshaltung«, urteilte Nathalie.

»Ich war noch nicht fertig«, sagte der Constable. »Das war bloß ihre Hoffnung, aber ihr heimlicher Wunsch war es, ihn sterben zu sehen. Jedenfalls hat sie das so gesagt. Es ist natürlich ein Leichtes, so etwas zu behaupten, wenn derjenige tot ist, weil niemand vorher davon gewusst hat, aber es ist schon sehr befremdlich, wenn einem so etwas gesagt wird.«

»Dann hat sich jetzt ihr Wunsch erfüllt«, stellte Louise in missbilligendem Tonfall fest. »Und vielleicht hat *sie* ja ein wenig nachgeholfen, um nicht noch länger warten zu müssen.«

»Das sind nur die wirklich verdächtigen Teilnehmer«, fuhr Strutner zügig fort, um einer weiteren Unterbrechung zuvorzukommen. »Das heißt nicht, dass die anderen Kandidaten nicht vielleicht auch einen Grund hatten, Ridlingtons Leben ein Ende setzen zu wollen. Jemand kann immer noch die beste Freundin einer früheren Teilnehmerin sein, die in Depressionen verfallen ist, weil es für sie nie eine Hoffnung auf einen Sieg gegeben hat. Aber solche oder andere privaten Gründe, die natürlich auch das Mordmotiv sein können, werden schwerer zu ermitteln sein. Wie dem auch sei: Vergessen dürfen wir natürlich nicht die beiden Ko-Juroren. Rose Beaumont hat sich mit ihrer vorab geäußerten Bemerkung verdächtig gemacht, man müsse Ridlington wohl tot aus dem Saal tragen, bevor er sein Amt an seinen Sohn weitergibt.«

»Wenn sie es gewesen sein sollte, war das eine geschickte Bemerkung«, fand Louise, »denn wer ist schon so dumm und kommt auf den Tod der Person zu sprechen, die er ein paar Minuten später umbringen wird?«

»Auf jeden Fall war ihr der Mann ein Dorn im Auge«, sagte der Constable. »Wobei nicht ausgeschlossen werden kann, dass vielleicht sogar ihre Tochter irgendetwas manipuliert hat, damit der Mutter nichts nachgewiesen werden kann.«

»Und der andere Juror?«

»*Harold Kelsey*«, las Ronald von einem Blatt ab. »Er war so schlau, sich sehr bedeckt zu halten. Er weiß angeblich nichts von Affären oder Belästigungen, er hat keine Ahnung vom Unmut irgendwelcher Wettbewerbsteilnehmer über die immer selbe Siegerin. Ach ja, und er arbeitet in einer leitenden Position bei Baker's Belly.«

»Also hat Ridlington ihm gesagt, wo es langgeht«, folgerte Nathalie.

»Ich habe Harold Kelsey darauf angesprochen, doch er bestreitet es«, fügte Strutner hinzu. »Aus ihm ist nichts herauszuholen, auch wenn es ihn vielleicht noch so sehr wurmt, dass Ridlington ihm klare Vorgaben gemacht hat. Aber möglicherweise ist er auch ein so pflichtbewusster Angestellter, dass es für ihn selbstverständlich war, für den Käsekuchen zu stimmen, der der klare Favorit seines Vorgesetzten war. Immerhin sollte der auch in den Verkauf gehen, und es macht sich nun mal besser, wenn ein solches Produkt ›drei von drei Daumen hoch‹ vorweisen kann.« Er machte eine unschlüssige Geste und fuhr fort: »Und schließlich hätten wir da noch den Sohn, Kenny Ridlington. Mit ihm habe ich letzte Nacht über Skype gesprochen.« Strutner bemerkte die anerkennenden Blicke von Nathalie und Louise und nickte: »Oh ja, so was kann ich auch. Skypen. Stellt euch das mal vor. Jedenfalls habe ich ihn in Dubai erwischt und damit weit genug von zu Hause entfernt, um nicht als unmittelbarer Täter infrage zu kommen. Das schließt natürlich nicht aus, dass er der Drahtzieher des Anschlags auf seinen alten Herrn war. Er war auch nicht allzu betroffen, als er vom Tod seines Vaters hörte. Als ich ihn ohne Umschweife darauf angesprochen habe, hat er mir erzählt, dass das Verhältnis zu seinem Vater von jeher schwierig war. Der Junior stand immer im Schatten des großen Ridlington senior. Da wundert es mich nicht, dass er keine große Betroffenheit verspürt, wenn er hört, dass der Mann gestorben ist, der ihm ständig Steine in den Weg gelegt und Ideen verhindert hat, die mit etwas Verspätung von anderen erfolgreich umgesetzt worden sind. So was kann einen ganz schön sauer und verbittert machen.«

»So wird es in vielen Familienunternehmen ablaufen«, warf Nathalie ein und sah nach links zum Parkplatz, wo soeben ein Wagen auf einen der freien Plätze fuhr. »Ah, ich glaube, wir bekommen Besuch.«

Fünftes Kapitel, in dem ein Verbrechen unerfreuliche Gewissheit wird

»Wieder mal?«, gab der Constable zurück und verdrehte die Augen. »Allmählich glaube ich, wenn wir lange genug warten, kommt irgendwann auch noch der Papst hier vorbei.«

»Ich würde eher sagen, dass der Papst der Pathologie eingetroffen ist«, scherzte Louise.

»Guten Tag, Mr Talradja«, sagte Strutner, ohne sich erst noch umzudrehen.

»Constable, solche Tricks sollten Sie lieber meinen indischen Landsleuten überlassen«, entgegnete der Gerichtsmediziner, ging um den Tisch herum und setzte sich zu ihnen. Er trug eine eng anliegende Jeans und ein weites weißes T-Shirt mit dem Aufdruck *Frankie says: Relax* und sah in die Runde, um ihnen allen zum Gruß zuzunicken, dann fuhr er fort: »Das kommt einfach viel besser rüber, wenn da ein Mann mit Turban sitzt, mit seinen dunklen Augen bis in die tiefsten Abgründe des Universums blickt und dann mit Grabesstimme den Namen desjenigen verkündet, der sich gerade hinter ihm aufhält.«

»Und was ist mit dem Nagelbrett, auf dem Sie dabei sitzen müssen?«, fragte Strutner grinsend.

»Das wurde wegen Verletzungsgefahr von der Krankenversicherung verboten. Und die Tierschützer haben uns die Schlangen weggenommen, damit wir sie nicht länger in engen Körben halten und beschwören.« Talradja seufzte betont übertrieben. »Und dann kommen Sie daher, Constable, und berauben uns auch noch unserer hellseherischen Fähigkeiten.«

Ronald zuckte mit den Schultern. »Sind Sie nicht auch ein Volk von Hypnotiseuren?«, fragte er amüsiert.

»Aber sicher doch. Und ein Volk von Wunderheilern«, stimmte der Gerichtsmediziner ihm fröhlich zu.

»Wenn wir dann alle Vorurteile gegenüber Indern geklärt hätten«, meldete sich Nathalie zu Wort, »könnten wir ja vielleicht zum Grund Ihres Besuchs kommen. Ich nehme an, es gibt neue Erkenntnisse, oder, Mr Talradja?«

»Ja. Zyankali.«

»Zyankali«, wiederholte Louise und nickte bedächtig. »Das wirkt schnell.«

»Ganz richtig, das wirkt schnell. Und es wirkt umso schneller, je mehr das Opfer davon zu sich nimmt«, sagte der Gerichtsmediziner. »Ridlington hatte eine beachtliche Menge davon in seinem Körper. Das Gift muss ihm innerhalb des Cafés verabreicht worden sein, sonst wäre er deutlich früher zusammengebrochen. Eines der Probierstücke wird damit versetzt worden sein, aber welches, werden wir erst wissen, wenn das Labor uns den Bericht geschickt hat.«

»Doch wie hat der Täter es angestellt, dass Ridlington genau dieses Stück isst?«, wandte Nathalie ein. »Ich meine, er hätte doch zu einem der beiden anderen Probierstücke greifen können. Dann wäre ein anderer Juror der Dumme gewesen.«

Talradja nickte zustimmend. »Diese Frage habe ich mir auch gestellt. Was natürlich eine weitere Frage aufwirft: Galt der Giftanschlag tatsächlich Ridlington? Oder wollte man einfach irgendein Mitglied der Jury aus dem Weg räumen? Und wenn ja, zu welchem Zweck? Wenn die Teilnehmer von der ständigen Wiederwahl der immer selben Konkurrentin die Nase voll hatten, dann hätten sie den Wettbewerb auch einfach boykottieren können.«

»Nein, da irren Sie sich, Mr Talradja«, sagte Louise. »Aber das können Sie nicht wissen, und du ebenfalls nicht, Nathalie. Du hattest mich ja gestern schon darauf angesprochen: Ridlington hat es sich vor Jahren zur Gewohnheit gemacht, zu Beginn des Wettbewerbs eine Extrarunde zu drehen und vor den anderen Juroren von jedem Kuchen zuerst zu probieren. Wenn er damit durch ist, macht er das Gleiche noch einmal in Begleitung seiner Kollegen, um mit ihnen über das Für und Wider eines Kuchens zu diskutieren. Das hat er angefangen, das hört er auch nicht wieder auf ... na ja, jetzt hat das ja aufgehört.«

»Das heißt, es war für den Täter gar kein Problem, seinen ganzen Kuchen zu vergiften und drei Stücke abzuschneiden?«, folgerte Nathalie. »Ridlington hätte in jedem Fall als Erster von dem mit Zyankali versetzten Käsekuchen probiert ...«

»... und da der Tod nach der Einnahme von Zyankali sehr schnell eintritt«, fuhr der Gerichtsmediziner fort und legte die Fingerspitzen beider Hände so aneinander, dass sie eine Pyramide bildeten, »war für den Täter klar, dass Ridlington tot zusammenbricht, noch bevor er seine Ehrenrunde beendet hat. Der Wettbewerb wird dann natürlich abgesagt, und kein weiterer Juror kann in Lebensgefahr geraten. Wirklich geschickt gemacht.«

»Und wenn erst ein Arzt gerufen worden wäre oder wir zuerst von einem Herzanfall ausgegangen wären, hätten die Teilnehmer bis zu dem Eintreffen des Doktors längst den Saal geräumt und alles mitgenommen«, ergänzte Louise. »Der Giftkuchen wäre irgendwo in einem Abfalleimer gelandet und am Montag von der Müllabfuhr weggebracht worden.« Sie nickte nachdenklich. »Selbst wenn der Arzt routinemäßig eine Obduktion veranlasst hätte, wäre die frühestens am Montag durchgeführt worden, und bis alle Resultate vorgelegen hätten, hätten die Beweise längst irgendwo auf der Müllkippe gelegen.« Sie sah Talradja an. »Gut, dass Sie gestern da waren, Doc.«

»Purer Zufall. Meine Mikrowelle hat am Freitagabend den Geist aufgegeben, und ich wollte nichts Kaltes zu Mittag essen.«

»Dann hat die Mikrowelle sich ja wenigstens den richtigen Moment ausgesucht«, meinte der Constable.

»Na, wir dürfen aber auch nicht vergessen, dass der Täter ohne Ronalds Anwesenheit im Café vielleicht auch mit seinem Giftkuchen entkommen wäre«, sagte Louise und lächelte den Polizisten an.

Der nickte. »Das wäre in der allgemeinen Aufregung sicher kein Problem gewesen.«

»Jetzt müssen wir nur noch bis morgen früh warten, dann verrät uns das Labor, in welcher Probe das Zyankali gefunden wurde«, sagte Talradja. »Dann müssen wir das nur noch mit den Aufzeichnungen vergleichen, und ein paar Minuten später wissen wir, wer der Täter ist. Höchstens eine Stunde später werden Sie den Täter verhaftet und in Ihre Arrestzelle gesperrt haben.«

»Das hoffe ich«, pflichtete Strutner ihm bei.

»Es heißt doch, dass man ein Verbrechen noch so präzise und narrensicher planen kann«, fuhr der Gerichtsmediziner fort, »es gibt nie eine Garantie, dass auch alles so kommt, wie man es vorhergesehen hat.«

Sechstes Kapitel, in dem die Entdeckung der Mordwaffe die Suche nach dem Mörder nur erschwert

Am Montagmorgen besuchte Nathalie den Buchladen von Paige Rittinghouse, Paige's Page Parlour. Es war die gemütlichste Buchhandlung, die Nathalie kannte. Eigentlich wirkte das Geschäft mehr wie das kuschelig eingerichtete Wohnzimmer einer Leseratte, die jeden verfügbaren Winkel des Zimmers genutzt hatte, um dort Regalbretter zu montieren, damit die Büchersammlung immer noch um ein paar neue Ausgaben erweitert werden konnte.

Eine kleine Couch lud zum Verweilen ein, um bei einer Tasse Tee einen ersten Blick in die ausgewählten Bücher zu werfen und zu entscheiden, welche von ihnen sich von diesem kleinen Paradies verabschieden mussten.

Paige hatte ihre langen rötlichen Haare geflochten und zu einem kunstvollen Knoten hochgesteckt, bei dem Nathalie nicht sagen konnte, wo der Anfang und das Ende waren.

Wie immer trug Paige etwas Grünes, diesmal ein mit verschlungenen Mustern überzogenes Kleid, das fast etwas Psychedelisches an sich hatte.

»Hallo, Paige«, begrüßte Nathalie die Buchhändlerin und fügte ernst an: »Ich nehme an, Sie haben schon von der jüngsten Katastrophe gehört?«

»Oh ja, Nathalie, Sie Ärmste«, erwiderte Paige und drückte sie an sich, um ihr Trost zu spenden. »Ich kann nur froh sein, dass ich es auf die Schnelle nicht mehr geschafft habe, mit einem Bücherstand bei dem Wettbewerb anwesend zu sein.«

»Ich wäre auch lieber nicht anwesend gewesen«, stimmte Nathalie ihr seufzend zu. »Hätte ich doch bloß abgesagt! Na ja, das kann man jetzt nicht mehr ändern. Aber ich glaube, für Sie hätte sich das auch gar nicht gelohnt, weil ja kein Publikum anwesend war.«

»Das hatte ich auch überlegt«, sagte Paige und ging zur Kasse, um ein Buch aus dem Regal zu nehmen. »Außerdem liegt Weihnachten hinter uns, kaum jemand will da noch etwas backen. Diätbücher sind gerade der große Renner, doch damit hätte ich wohl bei dem Wettbewerb auch keinen großen Zuspruch gefunden«, fügte sie lachend an. »So, Ihr Buch ist eingetroffen. Einmal *Elric von Melniboné*. Ungewöhnlicher Titel, der wird nicht oft nachgefragt. Oder nicht mehr. Seit *Herr der Ringe* verfilmt worden ist, wollen fast alle nur noch Fantasy in dieser Art lesen.«

»Eigentlich ist es für meinen Vater als Geschenk gedacht, weil ihm ein Teil seiner Sammlung abhandengekommen ist. Vermutlich hat er im Keller beim Entrümpeln nach dem falschen Karton gegriffen.« Sie betrachtete das Titelbild, dann las sie den Text auf der Rückseite. »Ich kann mich erinnern, dass ich mal reingelesen habe, aber da muss ich noch so klein gewesen sein, dass ich damit nichts anfangen konnte. Mal sehen, vielleicht bekommt mein Vater ja ein gelesenes Exemplar geschenkt.«

»Oder Sie bestellen noch ein Exemplar für ihn«, meinte Paige mit einem Zwinkern, ehe sie kassierte.

Nachdem die beiden sich voneinander verabschiedet hatten, nahm Nathalie ihr Buch und verließ den Buchladen. Draußen auf der Straße zog sie die dünne Jacke zu, da es an diesem Morgen deutlich kühler war als noch am Tag zuvor, und sah auf ihr Smartphone, das nur einmal kurz geklingelt hatte. Das war Talradjas Nummer. »Warum legt er wieder auf?«, wunderte sie sich halblaut.

»Weil ich hinter Ihnen stehe«, hörte sie seine Stimme, und Nathalie fuhr herum. »Ich wollte Sie gerade eben anrufen, und zwei Sekunden später laufen Sie mir praktisch vor die Füße.«

»Ich nehme an, Sie haben Neuigkeiten vom Labor?«, fragte sie hoffnungsvoll.

»Ja, habe ich«, antwortete der Gerichtsmediziner und schaute dabei irritiert drein.

»Und?«, hakte sie nach. »Spannen Sie mich nicht so auf die Folter.«

»Kein Zyankali.«

Sie sah Talradja an. »Was?«

»Kein Zyankali«, wiederholte er.

»Ich … ich verstehe nicht. Sie haben doch Zyankali als Todesursache bestimmt.«

»Das ist richtig, und ein zweiter Test hat zum selben Resultat geführt, aber das Labor hat in keiner Probe auch nur Spuren von Zyankali finden können«, erklärte er. »Den kompletten Bericht haben sie mir an meine Büroadresse geschickt, doch das wollten sie mir wenigstens vorab schon mal sagen.«

»Wie ist das möglich?«, wunderte sich Nathalie. »Wie konnte Ridlington an einer Zyankali-Vergiftung sterben, wenn sich in keinem der Kuchen Zyankali befunden hat? Wie soll das Gift in seinen Körper gelangt sein?« Sie presste die Lippen zusammen und überlegte angestrengt, aber ihr wollte nichts einfallen, was als Erklärung hätte dienen können. »Augenblick mal«, begann sie auf einmal.

»Nein, das Mineralwasser wurde ebenfalls untersucht, auch die Butterkekse, die noch übrig waren«, sagte Talradja, bevor sie weiterreden konnte.

»Oh … na ja, war nur so ein Gedanke«, murmelte sie.

Der Gerichtsmediziner sah auf seine Armbanduhr. »Ich gehe jetzt rüber in mein Büro und werde mir den kompletten Bericht des Labors ansehen. Was halten Sie davon, wenn Sie mit Miss Cartham und dem Constable gegen ein Uhr zu mir kommen? Dann können wir in Ruhe überlegen, wie wir weiter vorgehen sollen.«

»Ich werde es den anderen sagen«, erwiderte Nathalie abwesend, da ihre Gedanken immer noch um die Frage kreisten, wie das Gift in Ridlingtons Körper gelangt sein konnte, wenn es in keinem der Käsekuchen gesteckt hatte. Niemand war in Ridlingtons Nähe gelangt, um ihm das Gift beispielsweise zu injizieren. Aber diese Überlegung war ohnehin abwegig, da der Mann eine Nadel zweifellos gespürt und entsprechend reagiert hätte – und selbst wenn nicht, dann wäre Talradja auf den Einstich aufmerksam geworden.

Gedankenverloren kehrte sie zum Black Feather zurück.

»Was soll das heißen, man hat kein Zyankali finden können?«, rief Constable Strutner ungläubig, als Talradja ihm und Louise zwei Stunden später das Gleiche erzählte, was Nathalie schon morgens in Earlsraven erfahren hatte. Sie hatte Louise einweihen können, Ronald dagegen nicht, da der mit einer Unfallaufnahme beschäftigt gewesen war und außer einem knappen »Ja« zum vorgeschlagenen Treffen in der Gerichtsmedizin nichts hatte sagen können.

»Keine Probe hat Zyankali enthalten«, erklärte Talradja geduldig.

»Dann haben die im Labor die falschen Proben untersucht«, beharrte er.

Der Gerichtsmediziner schüttelte den Kopf. »Nachdem gestern die Todesursache feststand, habe ich noch im Labor angerufen und Bescheid gesagt, wonach sie suchen sollen. Das hat die Untersuchung der Proben erheblich beschleunigt, und natürlich haben sich die Leute ganz besonders bemüht, fündig zu werden, als sie in keiner Probe auf Zyankali gestoßen sind. Sie können mir glauben, Constable, die haben jeden Krümel analysiert.«

»Ja, aber … das kann doch nicht sein.« Ronald sah Nathalie und Louise ratlos an, die beide nur mit den Schultern zucken konnten.

»Wir haben auch keine Erklärung, Ronald«, entgegnete die Köchin. »Es besteht kein Zweifel daran, dass Ridlington vergiftet wurde, doch es gibt keinen Beleg dafür, dass einer der Käsekuchen das Mittel zum Zweck war.«

Eine Zeit lang saßen sie alle vier da und grübelten. Plötzlich schnippte Nathalie mit den Fingern. »Und wenn es Selbstmord war?«, fragte sie in die Runde.

»Selbstmord?«, wiederholten Louise, der Constable und Talradja im Chor.

»Ja, Selbstmord«, beharrte sie. »Angenommen, er wollte sich umbringen. Er könnte doch auf dem Weg zum Black Feather eine dieser Kapseln geschluckt haben, die man aus Agentenfilmen kennt, wenn der enttarnte Agent nicht reden will und stattdessen eine im Mundraum verborgene Giftkapsel zerbeißt. Er weiß, wenn er die Kapsel schluckt, dauert es meinetwegen noch zehn oder fünfzehn Minuten, bis sie sich im Magen zersetzt. Er wählt den Zeitpunkt so, dass er in dem Moment, in dem das Gift ihn umbringt, mit der Sache beschäftigt ist, die ihm am meisten gefällt, nämlich Käsekuchenkreationen zu probieren.«

Talradja hob die Schultern flüchtig an. »Das … das wäre natürlich möglich, aber … ich weiß nicht, so etwas passt nicht zu einem Mann wie Ridlington. Ich meine, er war tadellos gekleidet, er hat auf sein Äußeres geachtet, und dann endet er, von Kopf bis Fuß mit Kuchen verschmiert, auf einem Tisch, der auch noch unter ihm zusammenbricht?« Er schüttelte den Kopf. »Das kann ich mir nicht vorstellen.«

»Hm«, machte Ronald. »Es klingt nicht *völlig* abwegig«, musste er zugeben. »Auch wenn es tatsächlich nicht zu ihm passen würde.«

»Und wenn er einfach auf diese Weise aus dem Leben scheiden *wollte?*«, beharrte Nathalie. »Ohne Rücksicht darauf, welches Bild dann von ihm entsteht? Vielleicht hatte er im Privaten etwas sehr Tragisches erlebt, das ihn so scheinbar unvernünftig reagieren ließ. Möglicherweise war er unheilbar krank.«

»Ich glaube«, sagte der Constable daraufhin, »ich kenne da jemanden, der uns wohl besser als jeder andere sagen kann, ob an dieser Theorie irgendwas dran ist.« Er deutete auf den Laptop, der auf Talradjas Schreibtisch stand. »Darf ich?«

Der Gerichtsmediziner nickte zustimmend. »Wenn es uns weiterbringt, immer.«

Augenblicke später war die Skype-Verbindung hergestellt, und es tauchte das Bild eines Mannes um die vierzig auf, der in der Wartehalle eines Flughafens zu sitzen schien. Als der Mann sein Tablet auf den Oberschenkel abstützte und das Bild zur Ruhe kam, war im Hintergrund deutlich das Wort *Dubai* zu erkennen.

»Constable?«, fragte der Mann mit den präzise gescheitelten Haaren und dem ebenso präzise konturierten Vollbart. Seine Miene verriet, dass er gar nicht begeistert darüber war, mit Strutner zu reden.

»Mr Ridlington, wir brauchen dringend Ihre Meinung zu einer Theorie, die den Tod Ihres Vaters betrifft«, begann Ronald ohne lange Vorrede.

»Constable, ich sitze hier am Flughafen und warte darauf, jeden Moment aufgerufen zu werden«, erklärte Ridlington junior ungehalten. »Ich habe keine Zeit für lange Diskussionen. Morgen um diese Zeit …«

»Mr Ridlington, ich führe hier eine polizeiliche Ermittlung durch«, unterbrach Ronald ihn so energisch, dass Louise und Nathalie sich erstaunt ansahen. »Ich mag es überhaupt nicht, wenn jemand versucht, mich bei diesen Ermittlungen zu behindern. Wenn Ihr Flug bislang noch gar nicht aufgerufen wurde, haben wir jetzt mindestens zehn Minuten Zeit, um uns zu unterhalten, ohne dass Sie Gefahr laufen, Ihren Flieger zu verpassen.«

Ridlington junior schaute verdutzt drein. Entweder

war er es nicht gewohnt, dass jemand den Mut hatte, so mit ihm zu reden. Oder er hatte soeben eingesehen, dass sich nicht jeder kleiner Constable einschüchtern ließ, nur weil er den Sohn eines wichtigen und einflussreichen Unternehmers vor sich hatte.

»Was wollen Sie denn wissen?«, fragte Ridlington, der zwar weiterhin einen leicht herablassenden Ton anschlug, damit aber bei Strutner keinen Erfolg hatte.

»Unter den Umständen, unter denen Ihr Vater zu Tode gekommen ist«, sagte Ronald, »kann nicht ausgeschlossen werden, dass es sich um Selbstmord gehandelt haben könnte. Wüssten Sie einen Grund, warum Ihr Vater den Freitod gewählt haben könnte?«

Die Reaktion des Sohnes hatte keiner von ihnen kommen sehen, umso verblüffter sahen und hörten sie mit an, wie er einen Lachanfall bekam, noch bevor der Constable die letzte Silbe ausgesprochen hatte. Das Bild wackelte hin und her, und als er sich wieder beruhigte und das Tablet hochnahm, war zu erkennen, dass sich andere Fluggäste nach ihm umgedreht hatten.

»Sehen Sie«, sagte er ein wenig außer Atem, »für meinen Vater gab es nichts Würdeloseres und Feigeres als Selbstmord. Dass er sich selbst umgebracht hat, ist völlig undenkbar. Er hat sich immer jeder Herausforderung gestellt, und selbst wenn er irgendeine schwere Krankheit gehabt hätte, von der wir nichts wussten, hätte er sich nicht für diesen Weg entschieden. Ein Klassenkamerad von mir hat Selbstmord begangen, kurz vor unserem Abschluss. Ich hatte ihn damals gefunden, und ich war wirklich schockiert. Als ich zu Hause erzählte, was sich in der Schule zugetragen hatte, da bekam ich aus erster Hand mit, welche Verachtung mein Vater für wirklich jeden übrig hatte, der keinen anderen Ausweg sieht, als sich das Leben zu nehmen. Deshalb können Sie mir glauben, dass das in diesem Café alles war, aber kein Selbstmord.«

»Okay«, entgegnete der Constable wieder ruhiger. »Es ist eine Möglichkeit, die wir nicht ausschließen konnten, deshalb musste ich Sie fragen. Es führt ja zu nichts, wenn wir tagelang in die falsche Richtung ermitteln.«

»Ist schon gut, Constable«, sagte Ridlington junior. »Sie tun schließlich nur Ihre Pflicht … so wie ich jetzt meine Pflicht tue und in die Fußstapfen meines Vaters treten werde.«

»Sie werden das schon schaffen, Mr Ridlington.«

»Danke, Constable«, sagte Ridlington junior. »Wenn Sie noch Fragen haben oder ich Ihnen irgendwie behilflich sein kann, lassen Sie es mich wissen. Und nehmen Sie mir meine harsche Reaktion am Anfang des Gesprächs bitte nicht übel.«

»Schon in Ordnung, Sir«, erwiderte Ronald. »Guten Flug!« Dann beendete er die Verbindung und drehte sich zu den anderen um. »Damit scheinen wir Selbstmord wohl ausschließen zu können.«

Nathalie sah ihn beeindruckt an. So entschlossen wie eben Kenny Ridlington gegenüber hatte sie Strutner noch nicht erlebt, jedenfalls konnte sie sich daran nicht erinnern.

Ronald wandte sich wieder dem Gerichtsmediziner zu. »Jetzt mal zurück zum Thema unseres heutigen Beisammenseins: Hat denn die Laboruntersuchung überhaupt nichts ergeben? Nicht mal, dass ein Teilnehmer ranzige Butter verwendet hat?«

»Ranzige Butter nicht gerade«, sagte Talradja. »Aber die Kollegen aus dem Lebensmittellabor haben ein paar interessante Dinge festgestellt.« Er griff nach einer Liste, die auf einem Beistelltisch bereitlag, und platzierte sie vor sich auf dem Obduktionstisch. »Bei zwei Kuchen wurde ein hoher Anteil an Marihuana festgestellt …«

»Marihuana?«, rief Nathalie ungläubig. »Wer rührt denn so was in einen Käsekuchen?«

»Jemand, der fahrlässig oder sogar vorsätzlich mit der Gesundheit anderer Menschen spielt, weil er meint, die Juroren damit etwas lockerer zu machen«, sagte der Gerichtsmediziner. Mit einem Finger strich er über den Ausdruck. »Zwei Teilnehmer haben einen Cocktail aus verschiedenen Aufputschmitteln ihrem Teig beigemischt, einer hielt es für sinnvoller, Beruhigungsmittel einzurühren.«

»Wofür soll das gut sein?«, wollte Louise wissen.

»Im Labor gab es niemanden, der mir dafür eine Erklärung liefern konnte«, sagte der Gerichtsmediziner. »Also habe ich das Internet durchforstet, und auch wenn man es nicht für möglich halten sollte, ich habe eine Antwort erhalten. Es gibt Foren, in denen Backrezepte mit ungewöhnlichen Zutaten ausgetauscht werden. Immer wieder liest man da, dass Aufputsch- beziehungsweise Beruhigungsmittel in einem Kuchen für einen ganz besonderen Kick sorgen. Die Erklärung dazu ist natürlich pseudowissenschaftlicher Humbug.«

»Das heißt, das Ganze ist ein harmloser Blödsinn?«, erkundigte sich Nathalie.

»Das genaue Gegenteil ist der Fall«, betonte Talradja. »Es gibt keinerlei Dosierungshinweise. Wie denn auch? Der eine meint, dass eine Tablette pro Kuchen reicht, ein anderer rührt aber vielleicht fünf oder zehn Tabletten ein, weil er nach dem Motto ›Viel hilft viel‹ vorgeht. Nehmen Sie jemanden, der massive Kreislaufprobleme hat und von seinem Arzt mit einem Dutzend verschiedener Medikamente in mühsamer Feinarbeit eingestellt wurde. Wenn dieser Jemand ein solches Stück Kuchen isst, dann kann das dazu führen, dass der Blutdruck absackt oder wie verrückt in die Höhe getrieben wird. Beides kann lebensgefährlich sein.«

»Haben auch unsere möglichen Verdächtigen Beruhigungs- oder Aufputschmittel ihrem Kuchen beigefügt?«, wollte Ronald wissen.

Der Gerichtsmediziner schüttelte den Kopf. »Nein, das betrifft nur Teilnehmer, die in diesem oder im letzten Jahr das erste Mal teilgenommen haben.«

»Gut. Dann werde ich wohl mal die zuständigen Dienststellen informieren, dass die gegen die betreffenden Personen Anzeige erstatten, weil sie gegen das Betäubungsmittelgesetz verstoßen und grob fahrlässig die Gesundheit anderer Leute aufs Spiel gesetzt haben.« Ronald notierte etwas am Rand seiner Unterlagen und nahm den Ausdruck mit den Laborergebnissen entgegen, den Talradja ihm hinhielt. Sichtlich frustriert sah er dann zu Louise und Nathalie. »Bis auf die Erkenntnis, dass Zyankali im Spiel war, das man Ridlington wohl direkt in den Magen gebeamt haben muss, haben wir nichts in der Hand, um uns einen unserer Verdächtigen noch einmal vorzunehmen.«

»Wie gründlich hast du diese sechs Leute eigentlich durchleuchtet?«, erkundigte sich Louise nach einer kurzen Denkpause.

»So gründlich, wie es nötig war. Wieso fragst du?«

»Ich meine, als du sie überprüft hast, wussten wir ja noch nichts vom Zyankali«, erklärte sie. »Wir sind nur danach gegangen, wer von den Teilnehmern am ehesten den Wunsch verspüren dürfte, Ridlington ins Jenseits zu befördern.«

»Genau«, stimmte Nathalie ihr zu und stand auf, dann lehnte sie sich gegen den Obduktionstisch. »Die Frage ist doch, wer von den Teilnehmern überhaupt in der Lage ist, Zyankali zu beschaffen. Ich meine, ich kann nicht in die nächstbeste Apotheke spazieren und mal eben eine kleine Portion Zyankali kaufen. Ich hätte keine Ahnung, wo ich da überhaupt ansetzen sollte. Wäre ich in einer zwielichtigen Kneipe gut aufgehoben, um einen Dealer zu finden? Hätte ich einen Apotheker in der Familie, wäre das vermutlich kein so großes Problem, und du, Louise, wirst bestimmt auch Quellen für so was haben, aber ich … keine Ahnung.«

»Gute Idee«, fand Ronald. »Ich benutze noch mal Ihren Laptop, okay, Mr Talradja?«, fragte er den Gerichtsmediziner.

»Bevor sich das noch länger hinzieht«, warf Louise ein und sah in die Runde. »Ich finde, wir sollten Mr Talradja das Du anbieten. Mit Smitty waren wir schließlich auch per Du.«

»Von mir aus gern, dann trete ich auf ganzer Linie in die Fußstapfen meines pensionierten Vorgängers«, sagte der Gerichtsmediziner. »Ich bin Jean-Louis, aber ich möchte Sie … euch bitten, das auf J.L. zu verkürzen.«

»Nicht Jean-Louis?«, fragte Nathalie. »Ist doch ein schöner Name.«

»Für einen Franzosen sicher«, stimmte Talradja ihr zu. »Aber der hat dann auch einen passenden Nachnamen. Bei mir passt das einfach nicht zusammen.«

»Na gut, dann halt J.L.«, sagte Nathalie erfreut.

»Was hast du eigentlich vor, Ronald?«, wollte Louise wissen. »Du willst mir doch nicht erzählen, dass du auf eine Datenbank zugreifen kannst, die dir anzeigt, wer mit einem Apotheker verwandt ist.«

»Schön wär's«, gab der Constable zurück. »Nein, ich schicke die Liste mit den Teilnehmern des Wettbewerbs an alle Dienststellen im ganzen Südwesten. Die Leute wohnen so weit verstreut, da würden wir eine halbe

Ewigkeit brauchen, bis wir jeden befragt haben. Mit zwei von ihnen werde ich sprechen, die wohnen nicht allzu weit von hier entfernt. Für die übrigen bitte ich die Kollegen um Hilfe. Die werden sich freuen, mal was zu tun zu haben«, fügte er grinsend an. »Im Gegensatz zu Earlsraven geht es bei denen viel ruhiger zu.«

»Sollte man gar nicht glauben, was hier los ist«, sagte Talradja. »Bislang dachte ich, der Ort wäre das reinste Paradies. Aber nach dem, was mir Nathalie darüber erzählt hat, was sie in den paar Monaten schon alles erlebt hat, seit sie hierher gezogen ist ...« Er schüttelte den Kopf. »Auf hundert Einwohner gerechnet, geht es hier ja offenbar schlimmer zu als in einem der Londoner Problemviertel, wie?« Er zwinkerte dem Constable zu.

Strutner grinste. »Ja, vor allem die Bandenkriege, die hier toben«, scherzte er und sah auf die Uhr. »Tja, dann werde ich mal meine Kollegen informieren und danach meine beiden Kandidaten aufsuchen.«

»Was dagegen, wenn ich mitkomme?«, fragte der Gerichtsmediziner. »Ich möchte auch nur zusehen. Ich werde ganz still dabeisitzen.«

Der Constable rieb sich übers Kinn und nickte schließlich. »Meinetwegen. So habe ich unterwegs wenigstens Unterhaltung.«

»Wir können auch gern meinen Wagen nehmen«, schlug Talradja vor. »Dann kann ich während der Fahrt mein Hörbuch weiterlaufen lassen.«

»Hörbuch?« Strutner kniff skeptisch die Augen zusammen. »Was denn für ein Hörbuch?«

»*Das Kapital* von Marx«, antwortete der Gerichtsmediziner todernst. »Natürlich auf Deutsch. Dabei kann man wunderbar entspannen.«

»*Das Kapital* von Karl Marx ... auf Deutsch ... als Hörbuch?«, wiederholte der Constable und sah den anderen Mann so eindringlich an, als wollte er versuchen, dessen Gedanken zu lesen. »Du … du nimmst mich doch auf den Arm, J.L., richtig?«

Talradja grinste ihn so breit an, dass seine Zähne weiß aufblitzten. »Das, mein lieber Ronald, wirst du bald wissen.«

»Wer hat Ihnen das Gift beschafft?«, fuhr Talradja den schmächtigen jungen Mann mit der Halbglatze an, kaum dass sie sich an dessen Küchentisch gesetzt hatten.

Strutner zuckte fast genauso zusammen wie der junge Mann namens Gary Crowson, der einer der Teilnehmer des Käsekuchenwettbewerbs gewesen war. Er war der Erste von zwei Verdächtigen, die im Nachbarort Dunsel wohnten, weshalb es dem Constable sinnvoll erschienen war, die Befragung selbst durchzuführen. Doch nun schien er keine Gelegenheit dazu zu bekommen …

Die Ankündigung, während der Fahrt eine deutsche Hörbuchfassung von *Das Kapital* abzuspielen, hatte sich erfreulicherweise als leere Drohung erwiesen. Aber nun war von Talradjas Zusicherung, nur als stummer Beobachter bei den Befragungen anwesend zu sein, offenbar genauso wenig zu halten. Anders konnte Strutner sich dieses Vorpreschen nicht erklären.

Crowson sah regelrecht verängstigt drein. »Ich … ich …«

»Mr Crowson, wenn Sie uns für einen Moment entschuldigen würden?«, sagte der Constable und fasste Talradja am Arm, um mit ihm zusammen für einen Moment das Cottage zu verlassen und ihm unter vier Augen klarzumachen, dass er sich an die Absprachen zu halten hatte. »Komm bitte mit, J.L.«

Doch der Gerichtsmediziner ließ sich nicht bremsen und streifte Strutners Hand kurzerhand ab. »Was haben

Sie Ihrem Onkel erzählt, wofür Sie das Zyankali brauchen? Um den ständig kläffenden Hund in der Nachbarschaft endlich zum Schweigen zu bringen?«

»Meinem … Onkel?«, fragte Crowson verdutzt. »Wieso …?«

»Ihrem Onkel, dem Apotheker«, hakte Talradja eindringlich nach. »Müssen wir Ihnen noch weiter auf die Sprünge helfen?«

»J.L., ich …«, begann Strutner, verstummte aber wieder, als Crowson seine Brille zurechtrückte, nervös schluckte und hastig zu reden begann.

»Nein, nein, ich habe damit nichts zu tun«, sagte er. »Ich … ich habe mir schon gedacht, dass Mr Ridlington vergiftet worden ist. Mein Onkel hat mir viel über Gifte und ihre Wirkung erzählt, aber ich habe nichts mit Kenneth Ridlingtons Tod zu tun. Das müssen Sie mir glauben!«

»Warum sollten wir das?«, gab Talradja zurück. »Es hat Sie doch sicher auch gestört, dass immer nur Rita Buffridge mit ihrem Käsekuchen gewinnt. Sie hätten bestimmt selbst gern mal den ersten Platz belegt, oder etwa nicht?«

Crowson hob abwehrend die Hände. »Um Gottes willen, bloß nicht! Ich könnte doch keine Dankesrede halten. Wenn ich vor mehr als drei Leuten etwas sagen soll, kriege ich keinen Ton mehr raus!«

»Na, da können wir ja froh sein, dass wir heute nur zu zweit angerückt sind, nicht wahr, Ronald?«, fragte Talradja und zwinkerte dem Constable zu.

»Ja, da bin ich sogar *sehr* froh«, murmelte Strutner. Er räusperte sich und fragte: »Mr Crowson, wenn Sie mit Ihrem Käsekuchen nicht gewinnen wollen … warum nehmen Sie dann überhaupt am Wettbewerb teil?«

Der junge Mann zuckte mit den Schultern. »Na ja,

meine Mutter meint, da könnte ich vielleicht eine nette Frau kennenlernen. Sie sagt, bei solchen Wettbewerben machen anständige, adrette Frauen mit, keine von denen, die sich rumtreiben und so. Sie verstehen?«

Talradja nickte. »Natürlich, natürlich. Und? Schon Erfolg gehabt?« Crowson wiegte den Kopf und lächelte verlegen. »Noch nicht. Ich … ich habe noch keine gesehen, die ich … bei der ich den Mut gefunden habe, sie anzusprechen.«

»Die kommt sicher noch«, meinte Strutner zuversichtlich. Er hatte Mitleid mit dem jungen Mann.

»Okay, das wär's dann«, sagte Talradja ebenso unvermittelt, wie er die Befragung begonnen hatte, und stand auf.

»Ach, das wär's dann?«, wiederholte der Constable ironisch. »Wir sind also hier fertig, Herr *Kollege?*«

»Ganz genau.« Der Gerichtsmediziner lächelte ihn selbstbewusst an. »Wir können gehen.« Dann wandte er sich an den jungen Mann. »Mr Crowson, wir danken Ihnen, dass Sie sich Zeit für uns genommen haben. Wir finden den Weg nach draußen allein.«

Gary Crowson nickte nur.

»Darf ich erfahren, was das sollte?«, fragte Strutner aufgebracht. Er hatte sich zusammengerissen, bis sie Crowsons Haus verlassen hatten und wieder in Talradjas Wagen saßen. »Hatten wir nicht ausgemacht, dass du nur der stumme Beobachter bist? Ich kann mich nicht daran erinnern, dass wir vereinbart hatten, böser Cop und guter Cop zu spielen.« Der Constable schüttelte ärgerlich den Kopf. »Und anstatt das Gespräch in aller Seelenruhe auf den Apotheker-Onkel zu bringen und abzuwarten, ob der Verdächtige in die Falle läuft, konfrontierst du ihn gleich mit dem Casus knacksus! Das macht man einfach nicht, J.L.!«

»Da stimme ich dir zu, Ronald. Das macht man auch nicht. Normalerweise. Aber der Junge hatte allein schon bei unserem Anblick Angst bekommen, und so wie ich ihn einschätze, hätte er, wäre er der Mörder gewesen, sofort unter Tränen gestanden, dass ihm das alles schrecklich leidtut, dass er den Mann ja gar nicht umbringen wollte, sondern dass das alles nur ein schreckliches Missgeschick war.«

»Hm«, machte der Constable. »Bist du *Sherlock Holmes*-Fan, oder wieso achtest du so sehr auf die psychische Konstitution eines Verdächtigen?«

Talradja schüttelte den Kopf. »Ich bin *Psych*-Fan.«

»Muss mir das was sagen?«, fragte Strutner irritiert.

»*Psych* ist eine ganz exzellente Krimiserie über einen angeblich hellseherisch begabten Privatdetektiv, der in Wahrheit nichts anderes macht, als genau hinzuschauen und hinzuhören. Weil das die wenigsten Leute tun und weil das auch die wenigsten Leute erwarten, kann dieser Detektiv einen Fall nach dem anderen lösen. Ich werde dir die DVDs ausleihen«, schlug Talradja vor und ließ den Motor an. »Oder, noch besser: Du kommst mal bei mir vorbei, und wir machen einen *Psych*-Marathon.«

»Erst mal machen wir was anderes«, sagte der Constable verhalten. Der Tag war noch nicht vorüber, und Talradja konnte sich immer noch als jemand entpuppen, mit dem er privat vielleicht lieber doch keine Zeit verbringen wollte. Daher war es besser, sich erst einmal bedeckt zu halten. »Wir fahren jetzt zu Emma Hall und befragen sie.«

»Soll ich diesmal lieber im Wagen warten?«, meinte der Gerichtsmediziner schmunzelnd und fuhr los.

Siebtes Kapitel, in dem es zu einer unerwarteten Annäherung kommt

»Und?«, fragte Nathalie interessiert, als Constable Strutner am nächsten Tag spätnachmittags bei ihr vorbeischaute.

»Störe ich?«, erwiderte er und deutete auf die Kontoauszüge und Rechnungen, die auf dem Schreibtisch verteilt lagen.

Sie winkte ab. »Das kann noch warten. Ich bin gerade damit beschäftigt, einer Differenz von achtundneunzig Pence auf die Spur zu kommen, die von unserem Getränkelieferanten als offener Posten angemahnt wird.«

»Achtundneunzig Pence?« Ronald schüttelte den Kopf. »Und dafür schickt er eine Mahnung?«

Nathalie lächelte ihn an. »Ich weiß schon, was du meinst. Eigentlich ist der Betrag es gar nicht wert, ihm auf den Grund zu gehen. Unser Lieferant könnte ihn einfach ausbuchen, ich könnte ihn genauso gut überweisen.«

»Und warum macht ihr das nicht?«

»Weil ich in meiner Buchhaltung keinen Fehlbetrag habe und nicht weiß, ob sich dahinter irgendein größeres Problem verbirgt«, erklärte sie. »Das Buchhaltungsprogramm könnte eine Fehlfunktion haben, die weitaus Schlimmeres anrichtet, als nur achtundneunzig Pence falsch zu verbuchen.« Sie hob abwehrend die Hände. »Das soll uns aber jetzt nicht kümmern. Erzähl mir lieber, wie die Verhöre verlaufen sind.«

Ronald setzte sich auf der anderen Seite des Schreibtischs hin und legte die Dienstmütze auf den freien Stuhl gleich neben ihm, dann atmete er mit einem Schnauben aus, das einen eindeutig frustrierten Unterton hatte. »Im Wesentlichen vertane Zeit, doch diesmal zum Glück nicht unsere. Die Kollegen haben es geschafft, von gestern Nachmittag bis heute tatsächlich mit allen Leuten auf unserer Liste zu sprechen. Drei von ihnen sind mit einem Arzt, einer Apothekerin und einer ehemaligen Krankenschwester verwandt, aber kennen sich zumindest laut eigener Aussage mit Giften überhaupt nicht aus und sagten aus, nicht zu wissen, wo sie so was herbekommen sollten.« Er zuckte mit den Schultern. »Das mag stimmen, das mag auch nur dahingesagt sein. Sie wirkten auf die Kollegen alle überzeugend, und die kennen diese Leute fast alle persönlich. Also können die Kollegen im Gegensatz zu mir mit viel größerer Gewissheit sagen, ob sich da jemand verdächtig verhalten hat oder nicht. Und da das Labor in keiner Probe etwas finden konnte und da keiner von uns sich erklären kann, wie Ridlington das Gift sonst zu sich genommen haben soll, habe ich gegen niemanden etwas in der Hand. Ich kann niemanden verhaften, und kein Richter gibt mir über dreißig Durchsuchungsbefehle, nur weil ich ihm erzähle, dass es einer dieser Verdächtigen gewesen sein muss.«

»Und das waren alle Teilnehmer, die über Kontakte an Gifte gelangen könnten?«, fragte Nathalie.

»Nein, da sind auch noch zwei Frauen, die im Pflegedienst arbeiten.« Er lehnte sich zurück. »Beide haben unabhängig voneinander eingeräumt, dass es für sie möglich wäre, sich Zyankali zu beschaffen. Aber beide haben auch gesagt, dass sie es reichlich dumm fänden, jemanden auf diese Weise zu ermorden. Wenn *sie* Ridlington hätten umbringen *wollen*, hätten sie nicht zu einem Gift gegriffen, das so schnell wirkt wie Zyankali. Wenn man das so macht wie bei dem Wettbewerb, ist klar, dass der Täter mit am Tisch sitzen muss. Die beiden Pflegerinnen hätten stattdessen ein Gift gewählt, das wenigstens einige Stunden braucht, ehe es Wirkung zeigt. Besser wäre da natürlich ein Gift gewesen, das noch länger benötigt, bis es das Opfer umbringt, weil es dadurch umso schwieriger geworden wäre, den Zeitpunkt zu bestimmen, an dem das Gift in den Körper gelangt ist. Damit wäre der Täterkreis unweigerlich größer geworden, und wir als Polizisten bräuchten noch mehr Leute, um allen Spuren nachzugehen.«

»Eine sehr fachmännische Einschätzung«, musste Nathalie zugeben.

»Ja, so fachmännisch, dass ich jemanden wie die beiden nicht als Pflegekraft würde haben wollen«, meinte der Constable.

»Zum Glück ist das ja noch lange nicht nötig«, warf eine Männerstimme ein.

Sie drehten sich beide zur Tür um.

»Fred!«, rief Nathalie erfreut.

»Sie haben uns belauscht, Mr Estaire?«, fragte Ronald

mit einem strengen Unterton. »Wir reden hier über Polizeiangelegenheiten. Das sind vertrauliche Dinge.«

»Dann sollten Sie besser die Tür schließen«, konterte Estaire lachend.

Der Constable reagierte mit einem Lächeln und sah auf die Uhr. »Oh, ich muss mich auf den Weg machen und Colonel Jackson abholen. Mr Brascombe hat heute Abend noch was vor.«

»Colonel Jackson?«, fragte Estaire verwundert.

»Mein Hund«, erklärte er. »Ein Zwergschnauzer. Ein Nachbar hat sich heute um ihn gekümmert, weil ich keine Zeit hatte, um mit ihm Gassi zu gehen.« Er stand auf und nickte den beiden zu. »Wir sehen uns.«

Nachdem der Constable gegangen war, beugte sich Fred vor, als wollte er Nathalie einen Kuss geben, was sie mit einem leisen Seufzer kommentierte.

»Nicht, Fred. Nicht jetzt. Und nicht hier«, bat sie leise.

»Ich dachte, moderne Frauen lassen sich nicht so viel Zeit …«

»Da, wo ich herkomme, ist das auch so gewesen«, räumte sie ein. »Aber ich habe diese Hektik genauso wie alle übrige Hektik gegen das Leben in diesem kleinen, überschaubaren Dorf eingetauscht. Hier lassen sich die Menschen mit den Dingen noch Zeit, und das will ich auch. Und ich möchte vor allen Dingen eines: Meine Erinnerung an unseren ersten Kuss soll nicht mit meinem Büro und meiner Arbeit verbunden sein. Ich möchte das mit etwas Romantischem verbinden, mit einer versteckten Lichtung, mit einem Strand, mit einem See, über den wir rudern. Mit einer Schneelandschaft. Mit einem Wolkenbruch, der uns überrascht, während wir uns küssen. Etwas in dieser Art. Aber nicht mit meinem Schreibtisch oder dem Computer oder … Verstehst du, was ich meine?«

Fred nickte bedächtig. »Ja, das verstehe ich.«

Nathalie lächelte zärtlich. »Sag mal, was wolltest du eigentlich von mir?«

Er zuckte mit den Schultern. »Warum sollte ich was wollen?«

»Weil du diesen Gesichtsausdruck hast, der verrät, dass du mir etwas sagen willst, was du lieber für dich behieltest, weil du glaubst, dass es mir nicht gefallen wird.«

»Hm«, machte er. »Wenn du mir gleich auch noch im Detail sagst, was ich auf dem Herzen habe, dann sollte ich vielleicht besser darüber nachdenken, mich ganz von dir fernzuhalten. Dann hättest du nämlich übersinnliche Fähigkeiten, mit denen ich lieber nichts zu tun haben will.«

»Und was, wenn ich auch die übersinnliche Fähigkeit besitze, dich davon abzuhalten, dich von mir zu trennen?«, neckte sie ihn ihrerseits.

Als Fred von der Armlehne aufstand, war ein seltsames »Plopp« zu hören, als hätte er beim Aufstehen etwas umgeworfen. Sie suchten beide den Fußboden ab, konnten aber nichts entdecken. Schulterzuckend richtete Fred sich auf und ging um den Schreibtisch herum. Er räusperte sich. »Also … es sieht so aus, dass wir einen Auftrag an Land ziehen konnten. Wir sollen für ein Theater in Brimbston das Foyer und den Saal gestalten …«

»Brimbston?«, fragte sie. »Dort war ich vor Kurzem mal, da ist doch noch weniger los als hier in Earlsraven.«

»Das habe ich auch gehört, aber dieser Unternehmer, dieser Mr Gordon, hat sich vorgenommen, Brimbston wieder zum Leben zu erwecken«, erklärte Fred. »Er hat in der Stadt einige Grundstücke gekauft, um im großen Stil alles neu aufzubauen.«

»Mutiger Mann«, fand sie.

»Und ein Mann, der weiß, wie wichtig Kunst ist«, ergänzte Fred, wobei seine Augen vor Begeisterung leuchteten. »Darum wird auch das Theater wiedereröffnet, und wir werden unser Bestes geben, es so zu gestalten, dass die Leute wieder gern hingehen.«

»Okay, und das heißt?«

»Das heißt«, antwortete er ernst, »dass wir in der nächsten Zeit immer ein paar Tage am Stück an diesem Projekt arbeiten werden. Damit wir nicht ständig hin- und herfahren müssen, werden wir in Brimbston irgendwo einquartiert. Dadurch sind wir dann auch in der Lage, so lange im Theater zu arbeiten, wie jeder von uns will.«

»Kann ich dich da mal besuchen kommen?«, wollte Nathalie wissen.

»Ich denke, ich werde Mr Gordon fragen müssen, ob er mit Damenbesuch einverstanden ist«, gab er schmunzelnd zurück.

»Sag ihm einfach, ich bin deine Muse, die dich zu künstlerischen Hochleistungen antreibt.«

»Gute Idee«, sagte Fred und beugte sich ein wenig über den Tisch, als wollte er erneut versuchen, sie zu küssen. Doch dann besann er sich. »Ich … ich gehe dann lieber mal.«

»Ja, tu das«, murmelte Nathalie, auch wenn sie das Gegenteil sagen wollte. Aber sie hatte bei Glenn, ihrem letzten Freund, gemerkt, was passieren konnte, wenn man eine Beziehung zu schnell anging. Sie hatte Glenn eigentlich nie richtig kennengelernt, und erst als sich ihr die Gelegenheit geboten hatte, den Pub hier auf dem Land zu übernehmen, war ihr bewusst geworden, wie wenig Glenn und sie doch zusammenpassten. Diesen Fehler wollte sie nicht noch einmal begehen. Bei ihrem nächsten Freund würde sie es gemächlich angehen, das stand für Nathalie fest.

Als sie sich von diesen Gedanken losriss und ins Hier und Jetzt zurückkehrte, musste sie feststellen, dass Fred bereits gegangen war.

Eine Weile saß sie unschlüssig da, dann fiel ihr Blick auf die Rechnungen des Getränkelieferanten, und sie erinnerte sich daran, dass es da diese klitzekleine Differenz gab, der sie auf den Grund gehen wollte.

»Aber nicht jetzt«, sagte sie entschlossen. Sie griff nach ihrem Smartphone und schrieb Louise eine SMS: *Nehme jetzt ein Entspannungsbad. Bin bis acht Uhr nicht zu erreichen.*

Oh, vor dem Bad muss ich aber noch nach den Katzen sehen, fiel ihr ein. Sie hatte im frühen Winter das ehemalige Gästezimmer ihrer Tante zum Katzenzimmer für Straßenkatzen umgestaltet, damit die wild lebenden Tiere ein Dach über dem Kopf hatten und nicht der Kälte ausgesetzt waren. Das Zimmer wurde aber auch jetzt, da die Temperaturen schon wieder stiegen und kein Schnee mehr lag, von den Tieren regelmäßig als Nachtlager aufgesucht.

Nathalie verließ ihr Büro, schloss die Tür hinter sich ab und ging in ihre Wohnung. Als sie das Wohnzimmer betrat, traf die Antwort-SMS von Louise ein, die in der Küche des Pubs zweifellos alle Hände voll zu tun hatte, was die Geräuschkulisse aus Stimmen, Klirren, Klimpern und Scheppern belegte, die Nathalie aus dem Korridor bis in die Wohnung folgte und erst verstummte, als die Tür hinter ihr ins Schloss fiel.

Dann schlaf anschließend gut!, schrieb Louise.

»Keine schlechte Idee«, sagte Nathalie leise.

Achtes Kapitel, in dem Nathalie eine tödliche Entdeckung macht

Als am Mittwochmorgen der Wecker klingelte, fühlte sich Nathalie so ausgeruht wie schon lange nicht mehr. Tatsächlich hatte sie sich am Abend zuvor nach dem Bad ins Bett gelegt, um noch ein wenig zu lesen, und war auch nicht mehr gestört worden.

An diesem frühen Vormittag war im Black Feather ebenfalls alles in bester Ordnung: Im Café wurde das Frühstücksbuffet aufgebaut, und im Pub war die Putzfrau damit beschäftigt, Boden und Tische abzuwischen, damit für die Mittagsgäste alles bereit war. Einer der Kellner war mit der großen Kehrmaschine auf dem Parkplatz vor dem Pub unterwegs.

Nathalie ging in die Küche und warf einen Blick auf den Zettel, auf dem Louise am Abend notiert hatte, welche Lebensmittel zu besorgen waren. Nichts davon war mit einem roten Stern gekennzeichnet, also musste Nathalie auch keinen ihrer Lieferanten anrufen, damit der heute noch einen Abstecher zum Black Feather einlegte.

In ihrem Büro legte sie die Belege zur Seite, die mit den verschollenen achtundneunzig Pence zu tun hatten, und widmete sich bereits eine ganze Weile den Gehaltsabrechnungen, als es plötzlich klopfte.

»Ja?«, rief Nathalie.

Die Tür ging auf, und Jackie, die Bedienung aus dem Café, steckte den Kopf ins Zimmer. »Miss Ames? Wir haben ein kleines Problem«, begann sie und fuhr sich durch die extrem kurz geschnittenen schwarzen Haare. »Marjorie sollte eigentlich heute die Mittagsschicht übernehmen, aber sie hat vorhin angerufen und Bescheid gesagt, dass sie noch immer beim Arzt sitzt und nicht weiß, wann sie hier sein wird.«

»Von Marjories Arzttermin heute Vormittag wusste ich. Das heißt also, sie kommt später. Und was genau ist das Problem?«

»Das Problem ist, dass ich jetzt allein bin und im Café gerade volles Haus herrscht.«

»Ist sonst niemand verfügbar, der Ihnen helfen kann?«

Jackie schüttelte den Kopf. »Im Pub ist noch mehr los, die können niemanden erübrigen.«

»Okay, dann werde ich einspringen«, beschloss Nathalie. »Ich komme gleich zu Ihnen, ich muss nur noch die Lohndaten rausjagen, sonst gibt es für Sie und Ihre Kollegen am Monatsende kein Geld.«

»Alles klar, Miss Ames. Danke!«

Als Nathalie einige Minuten später ins Café kam, musste sie feststellen, dass Jackie nicht übertrieben hatte. Eine Wandergruppe hatte gleich mehrere Tische in Beschlag genommen, eine zweite wartete darauf, dass ein Tisch frei wurde, aber die Stammgäste, die dort saßen, sahen offenbar nicht ein, ihren Platz vor der Zeit zu räumen. Nathalie nickte Jackie zum Zeichen zu, dass sie einsatzbereit war, und nahm Marjories Schürze vom Haken. Während sie sie umband, trat sie zu der Kellnerin, um zu erfragen, wo sie sich am ehesten nützlich machen konnte.

»Wer bekommt denn ...?«, begann sie, als ihr Blick auf die Torten und Kuchen in der Theke fiel. Etwas stimmte da nicht ...

»Miss Ames?«, fragte Jackie irritiert, als Nathalie nicht weiterredete.

»Dieser Kuchen da ... wo kommt der her?« Sie wusste, sie hatte diese Sorte schon mal irgendwo gesehen, aber noch nie in ihrer Kuchentheke.

»Aus dem Kühlschrank, wieso?« Jackie zuckte mit den Schultern.

Nathalie versuchte, sich daran zu erinnern, woher sie diesen Kuchen kannte.

»Sieht für mich nach einem Käsekuchen aus«, fügte die Kellnerin hinzu.

»Käsekuchen ... ja, das ... oh Gott, nein ... das ist doch ...«, stammelte Nathalie und legte entsetzt die Hände ans Gesicht. Kalter Schweiß trat ihr auf die Stirn, als ihr bewusst wurde, wie viel von diesem Kuchen fehlte. »Seit wann steht der schon in der Theke?«

»Na ja, ich glaube, den habe ich im Laufe des Morgens hingestellt, als der normale Käsekuchen ausgegangen war«, sagte Jackie. »Ist das wichtig?«

»Haben Sie den Kuchen so aus dem Kühlschrank geholt? Ich meine, fehlten da bereits drei Stücke?«

Die junge Frau schüttelte den Kopf. »Nein, da war nur ein Stück abgeschnitten worden.«

»Was ist mit den beiden anderen Stücken?«, rief Nathalie aufgeregt.

»Die habe ich verkauft.«

»An wen?« Während sie die Frage stellte, suchte ihr Blick die besetzten Tische auf der Suche nach den beiden fehlenden Kuchenstücken ab.

»Mal überlegen, das war ...«

»Überlegen Sie schneller, Jackie! Bitte!«, fuhr Nathalie sie ungeduldig an. »Es geht hier um Leben und Tod!«

»Leben und ...? Ach, du lieber Himmel!«, flüsterte die Kellnerin entsetzt. »Das war ... das war ... ein junges Paar, vielleicht Mitte zwanzig oder so. Ich habe die zwei Stücke eingepackt, die Leute sind damit rausgegangen und weggefahren. Das habe ich noch durchs Fenster gesehen. Ist vielleicht zwei Stunden her ...«

»Bitte schreiben Sie sofort alles auf, was Ihnen zu dem Pärchen einfällt: Aussehen, Kleidung, Wagenfarbe, Kennzeichen. Egal, was, schreiben Sie alles auf! Sofort! Und fassen Sie diesen Kuchen unter keinen Umständen noch einmal an! Niemand bekommt davon noch ein Stück!«

»O...okay«, murmelte eine leicht verstörte Jackie.

»Und haben Sie die Kuchenschaufel des Käsekuchens noch bei einem anderen Kuchen benutzt?«

Jackie schüttelte den Kopf. »Nein, Miss Ames, ganz sicher nicht.«

Nathalie lief nach draußen, um Strutner anzurufen, ohne dass das ganze Café mithörte.

»Was gibt's, Nathalie?«, meldete er sich nach dem ersten Freizeichen.

»Es kann sein, dass ich den Giftkuchen gefunden habe!«, berichtete sie ohne jede Vorrede. »Erinnerst du dich an das Stück Kuchen, das Ridlington vor allen anderen gegessen hat? Vom Siegerkuchen aus dem Vorjahr?«

»Ähm … ja, richtig«, sagte er etwas überrumpelt. »Was ist damit?«

»Der Kuchen wurde bisher nicht untersucht! Jackie oder Marjorie hatte ihn in den Kühlschrank gestellt, nachdem Mrs Buffridge Kenneth Ridlington ein Stück davon abgeschnitten hatte. Danach haben wir alle vergessen, dass dieser Käsekuchen auch noch existiert.«

»Das ist doch erfreulich …«

»Ist es nicht, Ronald!«, unterbrach sie ihn hastig. »Jackie hat den Kuchen heute Vormittag in die Theke gestellt – *und zwei Stücke davon verkauft!*«

»Oh mein Gott! Wer …?«

»Sie schreibt gerade alles auf, was ihr zu dem unbekannten Paar einfällt, das den Käsekuchen gekauft hat. Ich weiß im Moment nur, dass der Kuchen zum Mitnehmen war und dass die beiden Käufer mit einem Wagen weggefahren sind.«

»Verdammt! Wann war das?«

»Vermutlich vor zwei Stunden.«

Der Constable stöhnte. »Die können inzwischen wer weiß wo sein. Und sie können den Kuchen längst gegessen haben.«

»Sag mir was, was ich nicht selbst weiß«, gab Nathalie zurück. Es genügte ihr schon, dass ihr solche Horrorszenarien durch den Kopf gingen, da musste sie sie nicht auch noch laut ausgesprochen hören.

»Wo ist der restliche Kuchen jetzt?«, wollte der Constable wissen.

»Noch in der Theke, aber Jackie weiß, dass sie ihn nicht anrühren darf«, versicherte sie ihm.

»Miss Ames?«, rief ihr die Kellnerin in diesem Moment von der Tür her zu und fuchtelte mit einem Zettel in der Luft herum. »Ich habe alles notiert, woran ich mich erinnern kann.«

»Ronald, ich kann dir vielleicht schon was Näheres zu dem Paar sagen«, sprach Nathalie ins Telefon, nachdem Jackie ihr die Notizen gebracht hatte. »Also: Mann und Frau, beide etwa Mitte zwanzig, nichts Auffälliges, er dunkelblond, sie blond, graue oder braune Kleidung, roter Kleinwagen, vermutlich ein Honda oder Hyundai oder irgendwas ähnliches Asiatisches. Kennzeichen beginnt vermutlich mit TH oder TX. Sie haben vor ungefähr zwei Stunden den Kuchen gekauft und sind damit weggefahren. Jackie kann sich nicht daran erinnern, die beiden zuvor schon mal gesehen zu haben, aber das muss nichts heißen. Sie sagt selbst, dass sie ein schlechtes Personengedächtnis hat, und abgesehen davon können die zwei an Jackies freiem Tag schon einmal hier gewesen sein.«

»Klingt für mich so, als wären sie auf dem Weg zu jemandem gewesen, bei dem sie zum Mittagessen eingeladen waren«, sagte Ronald nachdenklich. »Dann könnten sie sich noch irgendwo in der Gegend aufhalten. Und mit sehr viel Glück hat noch niemand den Kuchen angerührt.«

»Ich werde versuchen, südlich von Earlsraven alle Häuser abzufahren«, schlug Nathalie vor. »Vielleicht sehe ich ja einen roten Kleinwagen, auf den die Beschreibung passt. Übernimmst du den nördlichen Bereich?«

»Ja, kann ich machen. Was ist mit Louise?«

»Im Pub herrscht Hochbetrieb, ich glaube nicht, dass sie …«

»Ist das da in der Theke der Giftkuchen?«, wurde sie von Louise unterbrochen, die aus dem Café zu ihr gelaufen kam. »Jackie hat mir gerade völlig aufgelöst davon erzählt!«

»Das wird er wohl sein«, gab Nathalie zurück. »Und

jemand hat zwei Stücke davon gekauft und mitgenommen.«

»Nein!«

»Leider doch«, erwiderte sie und berichtete ihr, was sich zugetragen hatte und was sie und der Constable nun vorhatten.

»Dann übernehme ich alles, was östlich von Earlsraven liegt«, erklärte Louise sofort.

»Im Pub ist der Teufel los, du kannst nicht …«

»Nichts da, Nathalie!«, fiel die Köchin ihr ins Wort. »Dann werden halt ein paar Gäste murren, weil die Bestellung zehn Minuten später auf den Tisch kommt. Das ist immer noch besser, als wenn der Käsekuchen noch mehr Opfer fordert.« Sie schnippte mit den Fingern. »Ich rufe J.L. an, er soll sich in westlicher Richtung auf die Suche machen. Und ich sage den Truckern im Lokal Bescheid, dass sie über Funk ihre Kollegen auf den roten asiatischen Kleinwagen ansetzen sollen.«

»Ja, das ist eine gute Idee«, stimmte Nathalie ihr zu, informierte Strutner und kehrte mit Louise kurz darauf ins Black Feather zurück. »Ich hole nur eine Jacke und meinen Wagenschlüssel, dann mache ich mich sofort auf den Weg.«

»Und ich sage noch schnell in der Küche Bescheid, dass sie erst mal ohne mich auskommen müssen«, erklärte Louise, als sie das Café durchquerten.

Seit über einer Stunde waren sie jetzt schon alle vier unterwegs, aber nirgendwo war eine Spur des roten Kleinwagens zu entdecken. Louise fluchte immer wieder lautstark, wenn sie irgendwo in einer Toreinfahrt etwas Rotes aufblitzen sah, das sich dann als Sportwagen, SUV oder nur als Aufsitzrasenmäher entpuppte. Ronald hatte zwar eine Suchmeldung an seine Kollegen rausgegeben, doch mit zwei Stunden Vorsprung konnte das Pärchen genauso gut längst in London sein, und sie würden in den nächsten Tagen in den Nachrichten eine Meldung hören, dass ein junges Paar an einem mit Zyankali versetzten Käsekuchen gestorben war. Das wäre eine Katastrophe.

»Und alles nur, weil keiner von uns an diesen einen verdammten Kuchen gedacht hat!«, schimpfte Louise in die Freisprechanlage.

»Ist doch auch kein Wunder, wenn der direkt in den Kühlschrank gestellt worden ist«, sagte Ronald, den sie eben angerufen hatte, um zu erfahren, ob er oder Nathalie oder der Gerichtsmediziner etwas erreicht hatten. »Ich frage mich bloß, was in diese Mrs Buffridge gefahren ist, dass sie ihren vergifteten Kuchen im Café lässt, auf dass noch ein paar Leute mehr tot umfallen.«

»Wir wissen nicht, ob er wirklich vergiftet ist«, korrigierte Louise ihn.

»Doch, er ist vergiftet«, beharrte der Constable.

»Woher willst du das wissen?«

»Weil ich vor zwei Minuten die Bestätigung vom Labor erhalten habe«, sagte er.

Louise musste an den Rand fahren, da ihr auf der schmalen Landstraße der Bus entgegenkam, der dreimal am Tag über die Dörfer fuhr. »Entschuldigung, Ronald, aber wie soll das gehen? Der Kuchen hat ja bislang noch nicht mal das Café verlassen, weil niemand Zeit hat, um ihn zum Labor zu bringen.«

»Augenblick«, erwiderte der Constable, dann hörte sie nur noch seine erstickte Stimme. Eine Minute später war er wieder da. »Diese Touristen vom Kontinent!«, knurrte er. »Kommen die mir doch in einer Linkskurve auf meiner Seite entgegen, weil sie sich nicht merken können, wo sie fahren müssen.«

»Komm schon, Ronald«, sagte sie und musste laut lachen. »Ich erinnere mich noch gut daran, dass ein gewisser Constable in Calais fast am Rechtsverkehr der Franzosen verzweifelt ist und am liebsten mit der nächsten Fähre wieder in Richtung Heimat geschippert wäre.«

»Das ist fast dreißig Jahre her«, protestierte er. »Solche Anekdoten sind verjährt und dürfen nicht mehr als Argument eingesetzt werden.«

»Das könnte dir so passen«, gab Louise amüsiert zurück. »Jetzt sag mir lieber, was es mit dem Kuchen auf sich hat.«

»Das Labor hat ein mobiles Team, das an Ort und Stelle Proben untersuchen kann, und zu unserem Glück waren die gerade auf dem Weg zum St. Mary's On The Heights drüben in Northwoolaston«, erklärte Ronald. »Die haben sofort kehrtgemacht und den Kuchen im Café untersucht. Der Zuckerguss ist vollgepumpt mit Zyankali.«

»Wissen die anderen schon Bescheid?«

»Nein, noch weiß niemand was. Auch die Bedienung im Café nicht«, betonte der Constable. »Ich habe ihnen gesagt, sie sollen mit niemandem darüber reden, weil ich unter allen Umständen vermeiden will, dass jemand diese Mrs Buffridge warnt.«

»Schon klar, doch Nathalie und J.L. sollten das schon erfahren.«

»Ich rufe sie auch sofort an, sobald du damit aufgehört hast, mich zu belehren, dass ich sie anrufen soll«, konterte er ironisch. »Wenn ich dann auflegen darf …«

»Tu, was du nicht lassen kannst«, sagte sie. »Jetzt können wir nur hoffen, dass unsere Kuchenkäufer nicht schon tot in ihrem Wohnzimmer liegen.«

»Tatsächlich vergiftet?«, fragte Talradja. Seine Stimme

klang durch das auf Lautsprecher gestellte Handy seltsam blechern.

»Ja, ich hatte es ja bereits geahnt, als mir der Kuchen in der Theke auffiel«, antwortete Nathalie und bremste ab, um einen Blick auf einen roten Wagen zu werfen, der in der Zufahrt zu einem Haus stand. Nein, das Fahrzeug schied aus, da alle vier Räder abmontiert waren und man es auf Ziegelsteinen aufgebockt hatte. Die Fahrertür fehlte, und nichts an diesem Wagen ließ den Eindruck aufkommen, dass er in den letzten zwei Monaten, geschweige denn in den vergangenen zwei Stunden von der Stelle bewegt worden war. »Ronald hat mich eben angerufen und mir gesagt, dass der Kuchen positiv getestet worden ist.«

»Von welchem Kollegen?«, wollte der Gerichtsmediziner wissen.

»Keine Ahnung, das will er später erklären. Auf jeden Fall hat Mrs Buffridge den ehrenwerten Juror Kenneth Ridlington auf dem Gewissen, und sie hat ihn in meinem Café ins Jenseits befördert«, knurrte Nathalie. Es war schon schlimm genug, dass der Mann überhaupt hatte sterben müssen, aber hatte das unbedingt in ihrem Café vor den Augen der anderen Teilnehmer erfolgen müssen, die alle nur hilflos hatten zusehen können, wie das Zyankali Ridlington tötete? »Bist du noch da?«, fragte sie, als von Talradja keine Antwort kam.

»Oh … ja, ja. Ich frage mich nur, welchen Sinn das Ganze ergeben soll«, entgegnete er nachdenklich. »Diese Mrs Buffridge wird wohl kaum gewollt haben, dass man ihr den Mord nachweist. Warum lässt sie dann diesen vergifteten Kuchen im Café zurück? Der ist doch ein eindeutiges Beweisstück, das sie eigentlich umgehend hätte vernichten müssen. Stattdessen lässt sie den Kuchen dort zurück und beschwört genau die Situation herauf, die jetzt eingetreten ist: nämlich dass völlig Unbeteiligte in Lebensgefahr geraten.«

»Ehrlich gesagt, J.L., habe ich keine Ahnung, was diese Person sich dabei gedacht hat«, antwortete Nathalie und sah auf die Straßenkarte, die auf dem Beifahrersitz lag. Obwohl sie jetzt seit gut einem Jahr in Earlsraven lebte, hatte sie noch immer keinen vollständigen Überblick über die umliegenden Dörfer und ihre Lage. Zu verschlungen waren die schmalen Straßen, die sich durch die Landschaft zogen; zudem befanden sich meistens zu beiden Seiten hohe Hecken oder Mauern, die es unmöglich machten, einen Blick auf die Umgebung zu werfen. »Wenn dieses Pärchen den Kuchen isst, dann … dann …«

»Nathalie, wir gehen bis auf Weiteres davon aus, dass die beiden den Giftkuchen noch nicht angerührt haben und dass wir sie rechtzeitig finden werden, bevor irgendjemand zu Schaden kommen kann«, redete der Gerichtsmediziner beruhigend auf sie ein.

»Und wenn uns das nicht gelingt? Dann habe ich zwei Menschen auf dem Gewissen.«

»Hast du nicht, Nathalie«, widersprach er ihr etwas energischer. »An dem Tag waren über dreißig Frauen und Männer im Café. Wie du selbst gesagt hast, war diese Kuchenprobe zu Beginn so was wie eine Zeremonie, die von allen Anwesenden mitverfolgt wurde. Trotzdem hat nach Ridlingtons Tod niemand daran gedacht, dass er noch von einem anderen Kuchen probiert hatte, nicht nur von dem, was auf den Tellern für die Juroren angerichtet war. Obwohl jeder miterlebt hatte, wie sämtliche Kuchen beschlagnahmt und genau dem richtigen Teilnehmer zugeordnet wurden, obwohl sie mit angesehen hatten, wie jeder Kuchenklecks auf Ridlingtons Anzug genau katalogisiert und sorgfältig verpackt wurde, ist niemandem in den Sinn gekommen, dass ein einzelner Kuchen unberücksichtigt geblieben war.« Er ließ eine kurze Pause folgen. »Wenn, dann haben alle diese zwei Menschen auf dem Gewissen, weil alle den vergifteten Kuchen vergessen hatten.«

»Ja, okay«, lenkte Nathalie ein. »In gewisser Weise hast du ja re…«

»Da ist der Wagen!«, rief Talradja plötzlich. »Er ist eben an mir vorbeigefahren! Ich fahre hinterher.«

»Wo?«, fragte sie. »Wo bist du unterwegs, J.L.?«

»Augenblick, da vorn kommt ein Wegweiser«, antwortete er. »Gleich kann ich dir mehr sagen. Gib dann den anderen Bescheid!«

Zwanzig Minuten später entdeckte Nathalie den alten grauen Land Rover des Gerichtsmediziners. Gleich daneben stand ein roter Toyota zwischen dem Geländewagen und der Hecke so eingeklemmt, dass es für ihn kein Vor und Zurück mehr gab. Fahrer und Beifahrer saßen im Wagen, der Fahrer gestikulierte durch das geöffnete Fenster. Talradja stand vor seinem Land Rover gegen einen Kotflügel gelehnt, ein Bein auf der Stoßstange, die Arme vor der Brust verschränkt. Leichter Nieselregen setzte ein.

Als Nathalie abbremste, sah sie im Rückspiegel, dass Louise hinter ihr war. Sie hielt und stieg aus, aber schon als sie die Tür öffnete, hörte sie den Fahrer des Kleinwagens laut schimpfen. Ihr Blick ging zu Talradja, der die Augen verdrehte und den Kopf schüttelte.

»Was ist los, J.L.? Haben sie den Kuchen noch?«, rief Louise, die ebenfalls ausgestiegen war und Nathalie eingeholt hatte.

»Ich habe keine Ahnung«, antwortete der Gerichtsmediziner.

»Dahinten kommt Ronald.« Nathalie wies auf die Baumgruppe, die man in einiger Entfernung sehen konnte. Es war eindeutig Strutners »neuer« Dienstwagen, ein fast fünfzehn Jahre alter schneeweißer Ford Kombi, der in der Zeit ungefähr achtmal um die Erde gefahren war, was seine Kilometerleistung anging. Aber der Constable sah das Ganze sehr nüchtern und sagte sich, dass dieser Dienstwagen immer noch besser war, als mit dem eigenen Auto auf Verbrecherjagd gehen zu müssen.

»Gut, dann erzähle ich was zu den beiden, wenn er hier ist«, sagte Talradja. »Sonst muss ich für ihn alles noch mal wiederholen.«

Die beiden Frauen nickten, während der Fahrer des Toyota weiterhin Verwünschungen aller Art von sich gab. Dann war Ronald auch schon bei ihnen angekommen.

»Was ist los? Haben sie den Kuchen noch?«, wollte er nun auch wissen.

»Also«, begann Talradja. »Als sie mir entgegenkamen, bin ich ihnen gefolgt. Ich habe versucht, ihnen mit Hupe, Lichthupe und Handzeichen anzuzeigen, dass sie anhalten sollen, aber der Mann hat einfach Gas gegeben. Also habe ich überholt und mich vor sie gesetzt, um dann zu bremsen. Daraufhin ist er ein Stück über eine Wiese gerast, um an mir vorbeizukommen.« Der Gerichtsmediziner zuckte mit den Schultern. »Das Einzige, was ich dann noch machen konnte, war, den Wagen an den Straßenrand zu drängen und so zu blockieren, dass er nicht wegfahren und keiner von beiden aussteigen und auf mich losgehen konnte. Ich habe versucht, mit den beiden zu reden, doch das habe ich inzwischen aufgegeben, weil ich von ihnen mit allem beworfen wurde, was sie im Wagen finden konnte.« Dabei zeigte er auf zwei Kaffeebecher, eine Wasserflasche, einen Eiskratzer und eine Zeitung, die langsam vom Nieselregen aufgeweicht wurde.

»Okay, dann werde ich die zwei jetzt erst mal beruhigen.« Strutner sah kurz über die Schulter. »Louise, stell deinen Wagen bitte neben den von Nathalie. Falls die jetzt immer noch entwischen wollen, kommen sie nicht weit.« Er wandte sich an Talradja. »J.L., du fährst bitte langsam zurück, bis ich dir ein Zeichen gebe. Ich möchte mit ihnen reden können, ohne dass der Fahrer aussteigen und irgendwelche Dummheiten machen kann.«

Talradja stieg ein, ließ den Motor an und setzte ein Stück weit zurück, bis er Strutners Handzeichen sah.

»Hören Sie, es ist alles in Ordnung«, versuchte der Constable, beruhigend auf den Mann einzureden, der sich in Rage geredet hatte und nicht zuhören wollte. »Es gibt einen guten Grund, warum mein Assistent Sie zum Anhalten gezwungen hat. Sie müssen wissen, dass … Sie sollen … hören Sie …« Er unternahm immer neue Anläufe, doch weder der Fahrer noch die Beifahrerin wollten Ruhe geben.

Unvermittelt schlug Ronald mit der flachen Hand auf das Wagendach. Der laute Knall war tatsächlich die richtige Idee gewesen, denn augenblicklich kehrte Ruhe ein, und die beiden sahen den Constable nur noch verdutzt an.

»So, jetzt noch mal von vorn«, sagte Ronald, der sich unüberhörbar Mühe gab, ruhig und geduldig mit dem Paar zu reden. Er gab Talradja ein Zeichen, der fuhr noch ein Stück weiter zurück, sodass der junge Mann die Fahrertür öffnen und aussteigen konnte. Die junge Frau kletterte über die Mittelkonsole und folgte ihm nach draußen.

»Was sind denn das für Wildwestmethoden, mit denen man hier zum Anhalten gezwungen wird?«, fragte der Mann, immer noch aufgebracht.

»Sie haben ja alle anderen Versuche meines Assistenten ignoriert, Sie zum Anhalten zu bringen«, hielt der Constable gefasst dagegen. »Sie waren doch heute Mittag in Earlsraven und haben im Café Käsekuchen gekauft, richtig?«

»Ist das etwa ein Verbrechen? Wird man hier verfolgt, wenn man Käsekuchen kauft?«, ereiferte sich der Mann. »Muss man etwa Apfelkuchen kaufen, um …«

»Beantworten Sie meine Frage, Mister!«, fiel Ronald ihm ins Wort. »Es ist wichtig!«

»Oh nein, ich werde hier gar keine Fragen beantworten, Constable«, konterte der Mann. »Sie werden Fragen beantworten, und zwar die, die der Richter Ihnen stellen wird, wenn ich Sie erst mal vor Gericht ge…«

In diesem Moment platzte Nathalie endgültig der Kragen, obwohl sie eigentlich das Ganze dem Constable hatte überlassen wollen. Mit ein paar Schritten war sie bei dem Mann, packte mit beiden Händen seinen Arm und zwang ihn, sie anzusehen.

»Sagen Sie uns verdammt noch mal, ob Sie Kuchen gekauft haben und wo der jetzt ist!«, fuhr Nathalie den jungen Mann so aufgebracht an, dass alle anderen vor Schreck zusammenzuckten. »Es geht hier um Leben und Tod! Will das denn nicht in Ihren Schädel? Wer immer den Kuchen isst, der ist fünf oder zehn Minuten später tot!«

»Was? Tot?«, wiederholte der junge Mann erschrocken.

»Jawohl, tot!«, herrschte sie ihn an. »*Wo – ist – der – Ku – chen?*«

»Bei … b-bei meinen … meinen El-eltern«, stammelte er und musste schlucken.

»Rufen Sie sie an!«, wies Nathalie ihn an. »Jetzt sofort! Sagen Sie ihnen, sie dürfen den Kuchen nicht anrühren! Sie dürfen nicht mal davon naschen!«

»Aber … aber …«

»Verdammt! Wir können Ihnen später stundenlang erklären, was los ist, doch nicht jetzt! Anrufen! Sofort!«

»J-ja«, stotterte der Mann und griff mit zitternden Fingern nach seinem Telefon. »Sofort.« Er wählte eine Kurzwahlnummer, dann wartete er. »Sie gehen nicht ran«, murmelte er, kreidebleich im Gesicht, und wollte es noch einmal versuchen.

»Wo wohnen Ihre Eltern?«, wollte Louise wissen.

»In Solebright.«

»Wo liegt Solebright?«, fragte Ronald, aber da schnippte Louise schon mit den Fingern.

»Solebright ist kein Ort, sondern das Haus!«, sagte sie. »Mir nach, ich weiß, wie wir dorthin kommen. Sie fahren mit dem Constable«, wies sie das junge Paar in einem Tonfall an, der so sehr Wirkung zeigte, dass die beiden nur nickten und hinter Strutner her zu seinem Auto liefen. »Hoffentlich ist es noch nicht zu spät!«, sagte sie dann leise zu Nathalie und zog sie mit sich zu ihrem Wagen. »Ich kenne mich hier aus. Wir nehmen mein Auto. Ich habe keine Zeit, darauf zu achten, ob du immer noch hinter mir bist.«

Schulterzuckend lief Nathalie hinter Louise her zu deren Fahrzeug. »Ich weiß zwar nicht, wie es dir gelingen sollte, mich auf diesen Straßen abzuhängen, aber wenn du meinst …«

Eine Viertelstunde später wusste sie es. Die Frau konnte Auto fahren, als wäre sie ihr Leben lang Rennfahrerin gewesen. Die Kurven hatte sie mit Vollgas genommen, und Nathalie hatte sich an allem festgeklammert, was irgendwie Halt bot oder zumindest so aussah, als könnte es Halt bieten. Mit den Füßen hatte sie so verzweifelt gegen das Bodenblech getreten, dass es eigentlich tiefe Beulen aufweisen müsste.

Ihr zitterten die Knie, als sie ihr Ziel erreicht hatten und ausstiegen.

Nathalie schaute zur Straße, aber von den beiden anderen Wagen war nichts zu sehen. Louise hatte sie offenbar erfolgreich abgehängt – auf Kosten von Nathalies Nerven. Dann drehte sie sich zum Haus um und lief mit Louise zur Eingangstür.

»Bei dem Namen ›Solebright‹ habe ich eigentlich an ein altes Herrenhaus gedacht«, sagte Nathalie etwas irritiert darüber, dass sie einen Bungalow vor sich hatte, der allenfalls aus den Siebzigerjahren des vorigen Jahrhunderts zu stammen schien.

»So was war es ursprünglich auch, aber das Anwesen ist um 1900 herum komplett abgebrannt«, erwiderte Louise. »Ein Wiederaufbau war viel zu teuer, und nachdem hier jahrzehntelang nur eine Ruine gestanden hatte, ist dieser Bungalow hingesetzt worden. Wahrlich keine Schönheit.« Sie waren an der Haustür angekommen. Nathalie klingelte Sturm, während Louise die Tür mit den Fäusten traktierte. Als niemand reagierte, liefen sie in entgegengesetzter Richtung um das Gebäude herum und suchten nach einem offenen Fenster oder einer unverschlossenen Tür. Sie trafen auf der Terrasse auf der rückwärtigen Seite wieder zusammen und konnten beide nur den Kopf schütteln.

Nathalie legte die Hände an die Glastür, um Lichtreflexe abzuschirmen, dann schaute sie von der Terrasse ins Innere des Bungalows und erschrak. »Oh Gott, ich kann sie sehen!«, flüsterte sie. »Da liegt eine Frau auf der Couch, im Sessel sitzt ein Mann, der ganz in sich zusammengesunken ist. Ich glaube, sie … sind tot!«

Neuntes Kapitel, in dem der Mörder überführt wird … oder nicht?

Louise stellte sich zu ihr und spähte ebenfalls durch die Scheibe ins Wohnzimmer. »Lieber Himmel!«, murmelte sie. »Wir sind zu spät gekommen.«

»Nein!«, widersprach Nathalie. »Das kann ich nicht glauben! Das *will* ich nicht glauben!« Gerade als der Constable mit dem jungen Paar um die Ecke des Bungalows kam, fiel ihr Blick auf einen der Gartenstühle, die auf der Terrasse standen. Sie packte ihn und holte mit dem Arm Schwung.

»Was soll denn das werden?«, fragte Louise verdutzt. »Ich fürchte, du kannst nichts mehr für sie tun!«

»Das werden wir ja sehen!« Nathalie holte aus und drehte sich noch ein Stück weiter zur Seite, damit der Winkel stimmte. »Alle mal zur Seite!«

»Nein, nicht!«, rief der junge Mann und hob abwehrend die Hände. »Ich habe doch einen …«

In diesem Moment hatte Nathalie schon losgelassen. Der Stuhl flog durch die Luft und zerschmetterte die Terrassentür aus Glas mit einem ungeheuren Getöse, das laut genug war, um Tote aufzuwecken.

Verdutzt sah Nathalie den jungen Mann an, der etwas in der Hand hielt. »Was haben Sie gesagt?«

»Dass ich einen Schlüssel für die Haustür habe«, antwortete er seufzend. »Aber den brauchen wir jetzt ja nicht mehr.«

»Wir haben keine Zeit zum Diskutieren«, gab sie zurück. »Ihre Eltern liegen da drinnen und sind wahrscheinlich …«

»Was sind wir?«, ertönte eine aufgebrachte tiefe Männerstimme hinter ihr. Ein bärtiger Herr, der dem jungen Mann wie aus dem Gesicht geschnitten, nur schätzungsweise dreißig Jahre älter war, stand an der zerstörten Terrassentür und sah fassungslos nach draußen. Eine Frau Ende fünfzig erschien hinter ihm und schaute um ihm herum zu der Menschenansammlung auf der Terrasse.

»Sie sind nicht tot«, murmelte Nathalie, dann hellte sich ihre Miene auf. »Sie sind nicht tot!«, jubelte sie. »Ist das nicht wunderbar, Louise? Die beiden sind gar nicht tot! Sie leben! Sie leben!«

Während sie ihrer Köchin um den Hals fiel und es kaum glauben konnte, trat Ronald vor und sagte zu dem Hausbesitzer: »Sir, wir benötigen den Käsekuchen, den Ihr Sohn Ihnen heute mitgebracht hat. Beide Stücke.«

Der Mann zeigte kopfschüttelnd auf die zerstörte Tür. »Ich nehme an, dass Sie den Käsekuchen nicht nur haben wollen, weil er Ihnen so gut schmeckt und weil er im Café ausverkauft ist. Sehe ich das richtig, Constable?«

»Völlig richtig, Sir«, antwortete Ronald. »Wenn Sie mir zuerst den Kuchen aushändigen könnten, werde ich Ihnen alles erklären.«

»Auf die Erklärung bin ich jetzt schon gespannt«, sagte der ältere Mann trocken und winkte den Constable hinter sich her. »Passen Sie auf die Scherben auf!«

Nachdem für die Terrassentür ein Glaser-Notdienst bestellt worden war, Constable Strutner die Umstände erläutert und der Familie versichert hatte, dass die Polizei für den entstandenen Schaden aufkommen würde – immerhin war der in der Absicht verursacht worden, zwei Menschenleben zu retten –, hatten sie sich wieder auf den Weg gemacht. Louise hatte den jungen Mann mitgenommen, damit der seinen zurückgelassenen Wagen abholen konnte. Nathalie war von Talradja zu ihrem Auto gebracht worden, und Ronald hatte mit den beiden Stücken Käsekuchen die Fahrt nach Croydon angetreten, um den Kuchen dort sicherheitshalber untersuchen zu lassen. Er wollte Gewissheit haben, dass diese beiden Stücke so wie der restliche Kuchen mit Zyankali versetzt worden waren. Schließlich sollte der Staatsanwalt keine ungeprüften Fakten gegen Mrs Buffridge vorbringen, wenn die wegen des Mordes an Ridlington vor Gericht gestellt wurde.

Da das Labor nachts eigentlich ausschließlich Notfälle oder Terminsachen annahm, weil ein Befund unbedingt bis am nächsten Morgen vorliegen musste, waren nur zwei Mitarbeiter im Einsatz, die den Constable vorwarnten, dass sie erst spät in der Nacht dazu kommen würden. Sie versprachen ihm, sich sofort bei ihm zu melden, sobald sie ein Resultat hatten.

Um sechs Uhr am anderen Morgen wurde Ronald aus dem Schlaf gerissen, als das Labor anrief. Ein paar

Minuten später war er komplett angezogen und ging zum Wagen. Währenddessen rief er Nathalie an, die darauf bestanden hatte, von ihm umgehend informiert zu werden, wenn der Moment gekommen war.

»Der Moment ist gekommen«, sagte er und zitierte dabei ihre Formulierung vom Abend zuvor.

»Ich bin schon auf dem Weg«, antwortete sie nur noch ein klein wenig schlaftrunken.

»Lass dir Zeit, ich bin frühestens in einer halben Stunde zurück«, ließ er sie wissen und legte auf.

Nathalie wartete bereits vor der Wache, als der Constable mit Mrs Buffridge eintraf. Sie saß auf dem Rücksitz, die Arme auf dem Rücken, weil Strutner ihr vorsichtshalber Handschellen angelegt hatte. Voller Missachtung sah Nathalie zu, wie Ronald ihr aus dem Wagen half und sie zur Wache führte. Die Haare der Frau waren zerzaust, sie war ungeschminkt und wirkte dadurch umso verschlafener. Sie trug Jeans und Pullover und gab ein ganz anderes Bild ab als bei dem so fatal verlaufenen Käsekuchenwettbewerb.

»Es ist eine Unverschämtheit, mich so früh am Morgen aus dem Bett zu klingeln und wie einen Verbrecher abzuführen«, schimpfte sie. »Wenn mein Mann nicht auf Dienstreise wäre, hätte er Ihnen schon gezeigt, was er von Ihren Methoden hält!«

»Hätte er das gemacht, würde er Sie jetzt in die Arrestzelle begleiten«, gab Ronald unbeeindruckt zurück.

»Und wer sind Sie?«, fauchte sie Nathalie im Vorbeigehen an. »Sind Sie von der Presse? Warten Sie darauf, mich den Geiern zum Fraß vorzuwerfen?«

Es wunderte sie nicht, dass Mrs Buffridge sie nicht erkannte. Am Tag des Wettbewerbs war Nathalie den Teilnehmern zwar kurz vorgestellt worden, aber da waren längst alle mit ihren Gedanken beim Wettkampf gewesen.

»Ich bin die Frau, der man beinahe hätte vorwerfen können, dass zwei ihrer Café-Gäste durch einen vergifteten Kuchen zu Tode gekommen sind«, antwortete sie kühl. »Zum Glück nur beinahe.«

Die Polizeiwache von Earlsraven war früher einmal eine Bank gewesen, die nach ihrem Auszug so gut wie nichts von der Einrichtung mitgenommen hatte. Es gab immer noch den Tresorraum, die Türen waren besonders stabil und mehrfach gesichert. Der Schalterraum mit seinen dicken Panzerglasscheiben diente als Empfang und Büro, die vergitterten Räumlichkeiten neben dem Tresorraum kamen als Arrestzellen zum Einsatz.

Ronald führte die Frau durch den Schalterraum in das ehemalige Büro des Filialleiters, bedeutete ihr dann, an dem kargen Edelstahltisch Platz zu nehmen, der durch mehrere Schrauben im Boden fest verankert war. Dann öffnete er die Handschelle auf einer Seite und machte sie am Tischbein fest.

Nachdem er die Diktierfunktion seines Handys aktiviert und das Gerät mitten auf den Tisch gelegt hatte, setzten Nathalie und er sich ebenfalls. »Louise ist jetzt mit J.L. im Haus«, sagte er zu ihr. »Sobald sie es gefunden haben, geben sie uns Bescheid.« Nachdem Nathalie nur kurz genickt hatte, wandte er sich wieder Mrs Buffridge zu. »Rita Buffridge, warum haben Sie Kenneth Ridlington ermordet?«

»Was?«, gab sie zurück.

»Sie haben mich verstanden«, sagte er kühl. »Beantworten Sie die Frage!«

»Warum … warum sollte ich Ridlington ermorden?«, gab sie verdutzt zurück.

»Sagen *Sie* es uns.«

Sie schüttelte den Kopf. »Das habe ich nicht gemacht«, beharrte sie. »Wann soll ich das überhaupt getan haben? Er war ja noch nicht mal bis zu meinem Kuchen vorgedrungen, als er umgefallen ist!«

»Woher wollen Sie das wissen?«, warf Nathalie ein. »Die Probierstücke waren völlig willkürlich auf dem Tisch platziert worden.«

Mrs Buffridge atmete schnaubend aus, als hätte Nathalie die dümmste aller Fragen gestellt. »Weil ich in diesem Jahr eine Kreation mit Rosenwasser gebacken hatte, und passend zu den Rosen hatte ich in den Teig rote Lebensmittelfarbe gegeben, und zwar so viel, dass der Kuchen leuchtend rot geworden ist. Meine Probierstücke standen in der vorletzten Reihe, die mussten mir zwangsläufig auffallen.«

»Gut, aber um diese Stücke geht es auch gar nicht«, kehrte Ronald zum eigentlichen Thema zurück. »Es geht um den Kuchen, den Sie zu Beginn präsentiert haben …«

»Sie meinen den nach dem Siegerrezept vom letzten Jahr?«

»Genau. Warum haben Sie Ridlington von dem vergifteten Kuchen probieren lassen? Warum wollten Sie ihn töten?«

»Ich wollte ihn nicht töten, und ich habe ihn auch nicht getötet«, beteuerte sie wieder. »Ich habe keine Ahnung, was da passiert ist.«

»Ach, wirklich nicht?« Ronald schüttelte ungläubig den Kopf. »Die Substanz, die Ridlington umgebracht hat, befand sich nur in der Zuckergussschicht auf Ihrem Kuchen, aber in keiner anderen Probe der übrigen Teilnehmer. Es gibt keinen Zweifel daran, dass Sie Mr Ridlington umgebracht haben. Aber warum?«

»Was für eine Substanz?«, fragte Mrs Buffridge. »Wovon reden Sie?«

»Sie wissen genau, um welche Substanz es geht, Mrs Buffridge«, erwiderte er. »Sagen Sie uns, warum Sie Mr Ridlington umgebracht haben. Wurden Sie von ihm bedroht? Oder hat er Sie belästigt? Hat er Sie um Geld betrogen? Hat er Sie erpresst? Wusste er etwas, was niemand erfahren soll?«

»Nein, nichts davon«, beteuerte sie.

»Was war es dann?«

»Es war *gar nichts.* Ich hatte keinen Grund, Mr Ridlington zu töten.«

»Dann haben Sie ihn also grundlos getötet?«, warf Nathalie ein, auch wenn sie wusste, dass ihre Formulierung mehr Haarspalterei als wirkliche Frage war. Doch manchmal brachte man damit einen Verdächtigen so aus dem Konzept, dass er sich in Widersprüche verwickelte.

»Was?« Mrs Buffridge sah sie verständnislos an. »Ich habe ihn auch nicht grundlos getötet! Ich habe ihn gar nicht getötet. Warum hätte ich das tun sollen? Sein Sohn will alles abschaffen, was der Vater aufgebaut hat, und er will auch den Wettbewerb verändern. Es wird keinen Siegerkuchen mehr geben, der ein Jahr lang über Baker's Belly vertrieben wird. Es wird keine Beteiligung mehr an den verkauften Kuchen geben.« Sie sah zwischen dem Constable und Nathalie Hilfe suchend hin und her. »Warum sollte ich den Mann umbringen, dem ich so viel zu verdanken habe? Warum? Damit einer an seine Stelle tritt, von dem ich nichts bekommen werde? Welche Logik steckt denn dahinter?«

»Wäre immer nur Logik im Spiel, wenn jemand ermordet wird«, sagte Ronald, »dann hätten wir eine Aufklärungsquote, die sich nahe an hundert Prozent bewegen dürfte. So jedoch müssen wir versuchen, das

Irrationale zu ergründen, das eine Person zum Töten veranlasst.«

Mrs Buffridge schnappte verzweifelt nach Luft. »Aber ich habe weder ihn noch sonst jemanden umgebracht. Warum wollen Sie mir nicht glauben, Constable?«

»Weil ich ...« Er wurde unterbrochen, da sein privates Handy klingelte. Nach einem Blick auf das Display sah er zu Nathalie, die sich erwartungsvoll zu ihm vorbeugte. Interessiert zog sie die Augenbrauen hoch. Er nahm das Gespräch an. »Ja? ... Louise? ... Und? ... Mhm ... mhm ... also das, was wir uns gedacht haben ... Ja, genau ... Gut, wir reden nachher noch ... Genau ... Und richte J.L. ein Dankeschön von mir aus, dass er das so schnell erledigt hat.« Er legte auf und erklärte: »Mrs Buffridge, meine Kollegen haben soeben in Ihrer Küche eine angebrochene Packung Puderzucker untersucht und sichergestellt. Dem Puderzucker wurde Zyankali untergemischt, genau die Substanz, die sich im Zuckerguss Ihres Käsekuchens befand. Ich nehme Sie hiermit in Untersuchungshaft, weil Sie verdächtigt werden, den Juror Kenneth Ridlington mit einem vergifteten Kuchen ermordet zu haben.«

»Aber ich ... aber ich ...«, begann sie hilflos und brach dann ab.

»Ich muss Sie darauf hinweisen, dass Sie sich jetzt einen Anwalt nehmen sollten.« Er schob ihr sein Handy hin. »Rufen Sie einen Anwalt an, und lassen Sie sich von ihm beraten, wie Sie sich uns gegenüber zu verhalten haben.«

Unter Tränen griff die Frau nach dem Telefon. »Aber ich ... ich habe Ridlington doch nicht umgebracht. Warum können Sie mir das nicht glauben?«, schluchzte sie und schüttelte den Kopf.

»Weil es Ihr Kuchen war, der Ridlington umgebracht hat«, gab Nathalie verärgert zurück. »Der Kuchen, den Sie danach im Kühlschrank meines Cafés haben deponieren lassen, weil Sie wohl dachten, so die Spur verwischen zu können. Sie können nur von Glück reden, dass Ihre Giftmischerei nicht noch zwei weitere Opfer gefordert hat.« Mrs Buffridge weinte und hielt sich die freie Hand vor die Augen. »Sparen Sie sich die Schauspielerei für Ihren Auftritt vor Gericht«, sagte Nathalie und stand auf. »Lass mich raus, Ronald, ich kann den Anblick dieser Mörderin nicht länger ertragen.«

»Ich bin keine Mörderin!«, rief die ältere Frau hinter ihr her, als der Constable mit ihr den Verhörraum verließ. »Ich bin keine Mörderin!«

»Vor Gericht wird sie damit nicht durchkommen«, sagte Nathalie, als Ronald und sie draußen vor der Wache angekommen waren. Es hatte zu regnen begonnen, und nach den grauen Wolken zu urteilen, die den ganzen Himmel bedeckten, würde es wohl so bald nicht wieder aufhören.

»Das ist nicht das erste Mal, dass du jemandem gegenübergesessen hast, der gemordet hat«, entgegnete der Constable leise. »Was macht dich diesmal so besonders zornig? Ich meine, du hast diesen Ridlington nicht näher gekannt; er war eigentlich ein Fremder für dich.«

»Ich bin nicht wegen Ridlington so unglaublich wütend auf diese Frau«, antwortete sie nach einer kurzen Pause. »Was mich so rasend macht, ist die Vorstellung, was alles hätte passieren können. Wir hatten doch nur Glück, dass wir dieses ältere Ehepaar davor bewahren konnten, den Kuchen zu essen. Stell dir vor, da hätte noch eine Wandergruppe das Café besucht und zehn Gäste hätten diesen Kuchen bestellt. Diese zehn wären jetzt tot!« Sie kämpfte mit den Tränen. »Oder eine Familie mit kleinen Kindern könnte jetzt ausgelöscht sein! Nur weil diese Frau aus irgendeinem Grund einen solchen Hass auf Ridlington hatte, dass sie ihn unbedingt ermorden musste. Wie sollte ich so eine Tragödie ertragen? Wie sollte ich den Hinterbliebenen in die Augen sehen und sagen können: ›Tut mir leid, dass das passiert ist, aber mich trifft keine Schuld.‹ Ganz sicher wäre ich nicht mehr in der Lage gewesen, das Black Feather weiter zu betreiben.«

Ganz wie ein Vater kniff er ihr sanft in die Wange. »Dann können wir ja froh sein, dass alles noch einigermaßen glimpflich verlaufen ist, wenn man mal von Ridlington absieht. Was wäre denn das Black Feather ohne dich?«

»Danke, Ronald, das ist lieb von dir«, sagte sie und verabschiedete sich, um nach Hause zu gehen. Während die Polizeiwache hinter ihr zurückfiel und der Regen ihre dünne Jacke zu durchdringen begann, wollte ein Gedanke nicht zum Verstummen gebracht werden.

Welchen – rationalen oder irrationalen – Grund hatte Rita Buffridge gehabt, den Juror Ridlington umzubringen?

Zehntes Kapitel, nach dem nichts mehr so ist, wie es kurz zuvor noch war

»Zugegeben, die Frage habe ich mir auch schon gestellt«, sagte Louise, als sie am späten Nachmittag nach ihrer Schicht noch zu Nathalie ins Büro kam, um die Umschläge mit den Gehaltsabrechnungen zu holen, damit sie sie auf dem Weg nach draußen an ihre Kollegen verteilen konnte. »Aber Ronald sagt bei solchen Fragen gern, dass die Polizei so gut wie jeden Mord aufklären könnte, wenn diese Taten aus rationalen Gründen begangen würden.«

»Ich weiß, das hat er sogar noch heute Morgen gesagt«, bestätigte Nathalie und schaute missmutig drein. »Trotzdem. Mir ist klar, dass jeder Mörder seine Tat abstreitet, wenn er weiß, es gibt keine schlüssigen Beweise. Manche zeigen Reue oder geben es zumindest vor, wenn sie merken, dass alles gegen sie spricht und sie mit Leugnen ihre Lage nur noch schlimmer machen. Doch hier …« Sie schüttelte nachdenklich den Kopf und gab ihrer Köchin die Umschläge. »Sie bestreitet, Ridlington umgebracht zu haben, obwohl alles gegen sie spricht.«

»Nur dass wir kein Motiv finden können«, fügte Louise hinzu.

»Das es aber eigentlich geben müsste«, wandte Nathalie ein. »Ich kann akzeptieren, dass es kein Motiv gibt, wenn jemand willkürlich einen anderen in der U-Bahn vor einen einfahrenden Zug stößt. Der Täter ist womöglich gestört oder betrunken, oder er hat Drogen genommen. Oder er ist auf irgendwen sauer und schubst jeden zur Seite, der ihm im Weg steht, ohne ihn eigentlich töten zu wollen. Aber Rita Buffridge hat sich die Mühe gemacht, den Kuchen aus dem Vorjahr noch einmal zu backen. Es ist ihr irgendwie gelungen, sich Zyankali zu beschaffen und in den Puderzucker für den Zuckerguss zu mischen, damit sie Ridlington ein Stück anbieten kann, das ihn ein paar Minuten später tot umfallen lässt.« Nathalie hob die Schultern an. »Okay, sie könnte natürlich gehofft haben, dass ein herbeigerufener Arzt nicht die Symptome einer Vergiftung erkennt, sondern einen Herzinfarkt als Todesursache annimmt. Dann hätte sie mit ihrem Kuchen wieder nach Hause gehen können, ohne dass sie aufgefallen wäre. Aber selbst da bleibt die Frage nach dem Motiv offen. Warum bringt sie den Mann um, dem sie es zu verdanken hat, dass ihre Kuchen über seine Kette verkauft werden? Was soll er ihr getan haben?«

»Vielleicht erfahren wir es ja noch, wenn sie vor Gericht gestellt wird«, meinte die Köchin. »Aber vielleicht wird sie dieses Geheimnis auch für sich behalten.«

»Wenn man sie des Mordes für schuldig befindet, wandert sie für viele Jahre hinter Gitter«, hielt Nathalie ungläubig dagegen.

»Als du heute Morgen nach Hause kamst, wolltest du sie noch dafür zum Teufel jagen, dass ihretwegen fast das ältere Ehepaar auch noch an diesem Giftkuchen gestorben wäre, weißt du noch?«

Nathalie nickte und rieb sich übers Kinn. »Ja, aber inzwischen frage ich mich, ob das alles wirklich seinen richtigen Weg geht.«

»Wenn sie uns ein paar Namen geben würde, wer stattdessen den Mord begangen haben könnte, wären wir ja schon ein Stück weiter«, sagte Louise. »Doch sie kann nur sagen: ›Ich war's nicht, aber ich weiß auch nicht, wer es stattdessen war.‹ So was ist natürlich nicht sehr förderlich. Wenn sie … hoppla, was ist das denn?«, murmelte sie mehr zu sich selbst und beugte sich vor, da sie mit dem Fuß gegen irgendein Hindernis gestoßen war.

»Was ist?«

»Vermisst du deine Brieftasche?«

»Meine Briefta…?«, begann Nathalie und verstummte, als sie sah, was Louise da soeben zutage gefördert hatte. »Oh verflixt«, murmelte sie. »Die gehört Fred!« Das war also das Geräusch gewesen, das sie beide gehört hatten. Ihm war die Brieftasche aus der Jacke gerutscht und so auf dem Boden gelandet, dass sie beide sie nicht gesehen hatten. Offenbar hatte er sie bislang nicht vermisst, oder aber er suchte irgendwo anders wie ein Verrückter danach. »Ich muss ihn anrufen«, sagte sie und griff nach ihrem Handy.

»Okay, ich gehe die Abrechnungen verteilen und

mach mich dann auf den Heimweg«, entgegnete die ältere Frau. »Lass uns morgen noch mal über Rita Buffridge nachdenken. Vielleicht kommen wir ja noch dahinter, warum sie Ridlington umgebracht hat. Oder wer es stattdessen war.«

Nathalie nickte und winkte ihr hinterher, als Louise das Büro verließ. Einen Moment später ließ sie den Arm sinken und legte das Handy zurück auf den Schreibtisch. »Na, wunderbar! Der Teilnehmer ist nicht erreichbar.«

Als Fred auch eine halbe Stunde später immer noch nicht erreichbar war, fasste Nathalie den Entschluss, nach Brimbston zu fahren und ihm die Brieftasche zu bringen. Sie wusste zwar nicht, wo dieses Theater war, in dem er mit seinen Künstlerkollegen beim Renovieren half, doch sie konnte immer noch im Hotel nachfragen. Dort würde ihr ganz sicher jemand den Weg dorthin beschreiben können.

Die Fahrt nach Brimbston war eine mittlere Strapaze, da es unablässig regnete und die Sicht immer schlechter wurde, je dunkler es wurde. Die Rücklichter der Wagen vor ihr spiegelten sich dutzendfach auf der nassen Fahrbahn. Hinzu kam das Licht der Fahrzeuge hinter ihr, deren Scheinwerfer gleißende Helligkeit vorausschickten, die so vom Asphalt reflektiert wurde, dass Nathalie das Gefühl hatte, zeitweilig im Blindflug unterwegs zu sein.

Gegen acht Uhr erreichte sie Brimbston und fuhr zielstrebig zum Prince's Inn, einem früher sicher einmal angesehenen Hotel, das mittlerweile von einer Billighotelkette übernommen worden war, die an der Fassade des Prachtbaus aus viktorianischer Zeit nur das Allernötigste halbherzig repariert hatte. Das ganze Gebäude war in ein feinmaschiges Netz gehüllt, womit wohl verhindert werden sollte, dass Stücke vom Mauerwerk oder vom Verputz auf den Gehweg fielen und Passanten verletzten.

Auf dem Parkplatz neben dem Hotel sah Nathalie den alten Linienbus stehen, den die Künstlertruppe um Fred günstig erstanden und in Eigenregie wieder hergerichtet hatte. Nathalie stellte ihren Wagen daneben ab und lief durch den Regen zum Eingang. Wenigstens hatte sie jetzt eine wetterfeste Jacke an, damit sie nicht wie am Morgen nach ein paar Metern wieder bis auf die Haut durchnässt wurde.

Sie betrat das Foyer, an dem der Zahn der Zeit genauso deutlich sichtbar genagt hatte wie an der Fassade. Die Einrichtung stammte aus den späten Sechzigern und sah entsprechend mitgenommen aus. Überall blätterte Farbe ab, Ecken und Kanten waren abgestoßen; der Linoleumboden war stellenweise bis fast auf den Estrich durchgetreten. Die Teppiche waren so abgewetzt, dass von den verschlungenen Mustern fast nichts mehr zu erkennen war.

Am Empfang saß ein grauhaariger Mann mit Vollbart. Sein Blick war auf den Fernseher gerichtet, in dem irgendeine Spielshow lief. Von Nathalie nahm er nur flüchtig Notiz und drehte sich erst zu ihr um, als klar war, dass sie wirklich zu ihm wollte. »'n Abend«, murmelte er. »Was darf's sein, Miss? Einzelzimmer, Doppelzimmer, Suite?«

Sie schüttelte den Kopf. »Weder noch«, sagte sie. »Ich suche einen Ihrer Gäste, einen Mr Estaire.«

»Tut mir leid, der ist zusammen mit Ginger Rogers abgereist«, gab der Mann zurück, wartete ein paar Sekunden und krümmte sich dann vor Lachen.

Nathalie stand da und verzog keine Miene. Sie musste ja selbst zugeben, dass es von Mum und Dad Estaire nicht sehr geistreich gewesen war, den Sohn Fred zu nennen. Aber solange Fred selbst darüber Witze machte, war das ja okay. Aber wildfremde Menschen sollten eigentlich etwas mehr Zurückhaltung üben.

Als der Mann sich wieder einigermaßen beruhigt hatte, bemerkte er Nathalies starre Miene, mit der sie der Queen in einem ihrer »Not amused«-Momente hätte Konkurrenz machen können. Der Portier räusperte sich, murmelte eine halbherzige Entschuldigung und sagte: »Mr Estaire ist mit den anderen noch im Theater. Sie wissen, wo das ist?«

»Nein, ich hoffe, Sie können es mir sagen.«

»Kein Problem«, erklärte er und kam um die Theke herum. Im gleichen Moment ging die Aufzugtür auf, eine Frau in Dienstmädchenaufmachung kam heraus und trug ein paar Decken über dem Arm. Bei ihrem Anblick stutzte Nathalie. Der Portier drehte sich um und rief: »Melissa, denkst du daran, die Teller in den Frühstücksraum zu bringen?«

»Wird gemacht, Mr McKinnon«, gab sie zurück und verschwand durch die nächste Tür.

Ja, genau. Melissa hieß sie, überlegte Nathalie. Melissa irgendwas. Die zierliche Frau Anfang dreißig mit den scheußlich blondierten Haaren und einem bereits mehrere Zentimeter langen dunklen Ansatz, der die Frisur noch billiger wirken ließ. Aber es war weniger die Frisur als vielmehr das Lachen dieser Frau gewesen, das Nathalie so unangenehm in Erinnerung geblieben war, weil es eher nach einem schweren Raucherhusten klang.

Der Portier wandte sich wieder Nathalie zu und sagte: »Wenn Sie das Hotel verlassen, gehen Sie nach rechts bis zur ersten großen Kreuzung. Die überqueren Sie, dann biegen Sie in die erste Straße nach rechts ab. Das ist mehr eine Gasse als eine Straße, doch da befindet sich auf der linken Seite der Hintereingang zum Theater. Sie müssen klingeln oder notfalls ein paarmal gegen die Tür treten, damit man Sie drinnen hört.«

»Alles klar, das werde ich finden. Vielen Dank!« Nathalie nickte ihm zu und verließ das Hotel.

Erst wenn man als Fußgänger unterwegs war und kein Paar Scheinwerfer vor sich hatte, merkte man, wie dunkel es nachts auf manchen Straßen war. Als Autofahrerin war ihr das vor ein paar Minuten nicht aufgefallen, aber jetzt musste sie feststellen, dass – wohl aufgrund leerer Haushaltskassen – nur noch jede zweite Straßenlampe eingeschaltet wurde. Zusammen mit einigen Lampen, die nur noch glommen oder flackerten, führte der Weg weitgehend durch Dunkelheit. Die war auch der Grund dafür, dass sie fast mit einem anderen Fußgänger zusammengestoßen wäre, der ihr entgegenkam und es offenbar genauso eilig hatte wie sie, im strömenden Regen möglichst schnell ans Ziel zu kommen.

Nathalie fand die Gasse, in der sich zu beiden Seiten irgendwelcher Unrat auftürmte, erreichte den Hintereingang des Theaters und klingelte. Nichts geschah, sie klingelte nochmals. Als wieder nichts passierte, fiel ihr ein, was der Portier ihr geraten hatte. Bevor sie aber zu treten begann, würde sie die rostige Metalltür erst mal mit den Fäusten traktieren.

Ihre Bemühungen zeigten Wirkung, denn auf einmal waren von drinnen Schritte zu hören, als liefe jemand schnell eine Holztreppe hinunter. Dann wurde die Tür geöffnet, und Nathalie sah ein vertrautes Gesicht. »Belle, hallo!«

»Nathalie? Was machst du denn hier?«

»Ich wollte zu Fred, er …«

»Ich weiß«, sagte Belle und nickte.

»Wieso weißt du das?«, erwiderte sie verwundert

und strich sich die nassen Haare aus dem Gesicht. Unwillkürlich fragte sie sich, wieso sie sich seinerzeit eigentlich eine Regenjacke ohne Kapuze gekauft hatte. Die Kopfbedeckung hätte sie jetzt gut brauchen können.

»Na, weil der komische Kauz aus dem Hotel angerufen hat, dass jemand Fred sprechen will. Nach der Beschreibung konntest das nur du sein, darum ist Fred ins Hotel gegangen. Er wusste nicht, dass du auf dem Weg zu ihm bist.« Sie spähte in die Gasse. »Hast du ihn nicht gesehen?«

»Jetzt weiß ich, wer mich eben fast umgerannt hätte«, murmelte sie und wollte umkehren. »Ich laufe zum Hotel zurück. Wenn wir uns noch mal verpassen, dann sag Fred, er soll im Theater auf mich warten und mir nicht noch einmal entgegenkommen, okay?«

»Wird gemacht, Nathalie«, versicherte Belle ihr und zog die Tür hinter sich zu.

Der Regen steigerte sich auf dem Rückweg noch ein wenig und tropfte Nathalie von den nassen Haaren unter den Kragen der wetterfesten Jacke. Ebenso gut hätte sie im T-Shirt unterwegs sein können, auch wenn es dafür etwas zu kühl gewesen wäre.

Als sie sich der Kreuzung näherte, entdeckte sie auf der gegenüberliegenden Straßenseite eine Gestalt, die zum Teil von den Scheinwerfern eines abbiegenden Wagens erfasst wurde. War er das etwa?

Sie wollte ihn nicht noch einmal verpassen, also blieb sie stehen und wartete, dass der Mann auf ihre Seite kam. Nathalie sah sich kurz um, konnte aber keinen Hauseingang entdecken, der ihr etwas Schutz vor dem Regen hätte bieten können. Die wenigen noch betriebenen Geschäfte hatten längst geschlossen, die Rollgitter waren genauso heruntergelassen wie die derjenigen, die schon seit Jahren leer standen. Der einzige Unterschied war, dass man die Gitter der leeren Läden irgendwann als Plakatwand entdeckt hatte und seitdem unzählige Lagen übereinandergeklebt worden waren, um für alle möglichen Veranstaltungen zu werben.

Der Mann überquerte zügig die Straße, bei jedem Schritt spritzte das Wasser umher, das sich auf der Fahrbahn in großen Pfützen sammelte. Als er Nathalie im schwachen Schein einer viel zu weit entfernten Straßenlampe bemerkte, wurde er langsamer. Ja, es war Fred.

Er kam näher, fragte zögerlich: »Nathalie?«, und blieb stehen.

»Du … du hast deine Brieftasche verloren«, sagte sie. »In meinem Büro.« Sie zog die Brieftasche aus ihrer Jacke und hielt sie ihm hin.

Fred nahm sie entgegen und betrachtete sie. Der Regen lief ihm in Strömen übers Gesicht und tropfte ihm von Nase und Kinn genau auf die Brieftasche. »Dafür bist du extra hergekommen?«, fragte er ungläubig.

»Na ja, ich dachte, du brauchst sie doch bestimmt und … ähm … na ja …«, beendete sie ihre Antwort schulterzuckend.

»So etwas hat noch nie jemand für mich getan«, murmelte er und machte einen Schritt auf Nathalie zu. »Ich weiß gar nicht, wie ich dir dafür danken kann.«

»Sag einfach Danke«, schlug sie vor und las die unausgesprochene Frage in seinem Blick. Es war nicht zu übersehen, dass er fieberhaft überlegte, ob dies hier ein besserer Moment war als vor zwei Tagen in ihrem Büro. Es kam ihr vor, als könnte sie seine Gedanken hören: *Will sie sich später daran erinnern, dass wir uns im strömenden Regen zum ersten Mal geküsst haben? Mitten auf einer düsteren Kreuzung in einem gottverlassenen Kaff? Oder ist das jetzt auch die falsche Gelegenheit? Soll ich noch warten?* Während ihr die Tropfen ins Gesicht prasselten, lächelte

Nathalie ihn an. »Falls es dir die Sprache verschlagen hat, kannst du mich wahlweise auch küssen.«

Sein erleichtertes Aufatmen war deutlich zu hören, obwohl in diesem Moment auf der gegenüberliegenden Straßenseite ein Wagen durch eine riesige Pfütze fuhr und eine Wasserfontäne gegen die Hausfassaden warf.

Fred beugte sich leicht vor, Nathalie reckte sich ihm ein wenig entgegen, und dann endlich berührten sich ihre Lippen.

Es war ein Kuss, der sie vergessen ließ, dass sie je zuvor in ihrem Leben von einem Mann geküsst worden war. Dieser Kuss war zugleich zärtlich und stürmisch und leidenschaftlich und noch tausend Dinge mehr, für die sie keine Worte finden konnte. Nathalie vergaß alles um sich herum, sie spürte nur noch den Kuss, der niemals enden sollte und der dann doch viel zu schnell vorüber war.

Zumindest war es ihr Eindruck, dass der Kuss nur Sekunden gedauert hatte, doch im nächsten Moment wurde sie widerlegt, als sie hinter sich Belles aufgeregte Stimme hörte.

»Hier steht ihr zwei rum?«, rief sie ihnen aus dem sicheren Schutz eines bunten Regenschirms aufgebracht zu. »Fred, ich versuche seit mindestens fünfzehn Minuten, dich zu erreichen, weil ich wissen wollte, ob alles in Ordnung ist und ob Nathalie dich gefunden hat. Na ja, wie ich sehe, hat sie …« Sie verstummte, als ihr klar wurde, dass sie beide eng umschlungen mitten im Regen standen. »Na, endlich«, fügte sie amüsiert an. »Das wurde ja auch mal Zeit. Kann ich euch zwei noch irgendwas bringen? Einen Standesbeamten? Ein Bett?«

»Du kannst … Leine ziehen«, antwortete Fred grinsend, ohne den Blick von Nathalies Augen abzuwenden.

»Alles klar«, gab Belle zurück. »Aber den Schirm

nehme ich mit. Der kommt für euch sowieso zu spät.« Sie betrachtete Nathalie von oben bis unten, dann griff sie in ihre Hosentasche. »Das ist mein Zimmerschlüssel. Wir dürften ungefähr die gleiche Größe haben, nimm dir was von meinen Sachen. Die sind nämlich trocken«, fügte sie grinsend hinzu.

»Danke«, sagte Nathalie gerührt. »Ich weiß gar nicht, wie ich mich dafür revanchieren kann.«

»Das tust du bereits«, meinte die andere Frau. »Mit dem Job in deinem Landsupermarkt.«

Nachdem Belle gegangen war, lächelte Nathalie ihn strahlend an. »*Das* ist die Art von Situation, an die ich mich auch in zehn Jahren noch erinnern möchte, wenn von unserem ersten Kuss die Rede sein wird«, sagte sie leise.

Fred nickte verstehend. »Da kann ich dir nur zustimmen, auch wenn es in deinem Büro wesentlich trockener und wärmer war als hier. Versprich mir nur eins …«

»Was denn?«

»Lass uns den zweiten Kuss woanders anschließen, aber nicht hier, okay.« Er deutete auf seine Jacke. »Ich bin nicht nur nass bis auf die Haut, meine Jacke ist auch noch aus Wolle und hat inzwischen so viel Wasser aufgesaugt, dass sie bestimmt einen Zentner wiegt.«

»Das kann ich dir gern versprechen«, sagte sie und drehte Fred um. »Lass uns zum Hotel gehen.«

»Hm, gern.«

Sie hatte zwei Schritte gemacht, blieb aber bei seiner Reaktion gleich wieder stehen. »Nicht, was du denkst, tut mir leid«, machte sie ihm kopfschüttelnd klar, wobei ihr die klatschnassen Strähnen ins Gesicht flogen.

Er zog fragend eine Augenbraue hoch.

»Unsere erste gemeinsame Nacht möchte ich nicht in einer solchen Bruchbude wie dem Prince's Inn verbringen«, betonte sie. »Da wirst du dich schon noch ein wenig gedulden müssen.«

»Das macht nichts«, antwortete er unbekümmert. »Du musst dich ja genauso gedulden wie ich. Mal sehen, wer von uns geduldiger ist.«

»Den Wettkampf hast du jetzt schon verloren«, erwiderte sie lachend und zog ihn hinter sich her.

Eine halbe Stunde später fühlte sich Nathalie wieder wohl in ihrer Haut. Sie hatte in Freds Zimmer heiß duschen und sich die Haare föhnen können, und in der trockenen Kleidung kam sie sich fast wie neugeboren vor. Gerade als sie das Badezimmer verließ, klopfte es an der Tür. Das Zimmermädchen trat ein und brachte den heißen Tee, um den Fred beim Hereinkommen am Empfang gebeten hatte.

»Da sieht man mal wieder, wie klein die Welt doch ist«, sagte Nathalie, nachdem die Frau wieder gegangen war. »Diese Frau, die hier als Zimmermädchen arbeitet, hat vergangenen Samstag noch am Käsekuchenwettbewerb teilgenommen. Und jetzt sehe ich sie hier wieder.«

»Die von gerade eben? Die mit den blonden Haaren.«

»Ja, wenn man diese Farbe ›Blond‹ nennen will«, gab sie zurück.

»Das ist wirklich kurios«, meinte Fred und stellte ihre Teetasse auf die Kommode. Das Zimmer war klein und spärlich eingerichtet, die einzige Sitzgelegenheit war das Bett, doch wegen der extrem durchgelegenen Sprungfedern war es denkbar ungeeignet, um mit einem heißen Tee in der Hand darauf Platz zu nehmen. »Mir läuft die Frau auch ständig über den Weg. Vor zwei Wochen oder so waren wir in Warnbaugh, da Sebastian eine Kleinanzeige entdeckt hatte, in der jemand Leinwände, Staffeleien und eimerweise Farbe zum Abholen anbot, weil er eine Garage räumen musste. Auf dem Rückweg haben wir an einem kleinen Lebensmittelgeschäft angehalten, um noch ein paar Kleinigkeiten zu besorgen. Und stell dir vor, da steht diese Frau vor mir und redet auf die Verkäuferin ein, ob das denn auch wirklich der Puderzucker ist, den Mrs Buffy immer nimmt. Sie könne Mrs Buffy momentan nicht erreichen, um nachzufragen, sie dürfe aber unter keinen Umständen die falsche Sorte mitbringen, sonst würde Mrs Buffy sie auf der Stelle entlassen. Sie hat mindestens dreimal nachgefragt, ehe sie den verdammten Puderzucker gekauft hat. Ich dachte schon, wir anderen Kunden würden gar nicht mehr bedient werden. Das war …« Er unterbrach sich und sah Nathalie forschend an. »Was ist? Habe ich was Falsches gesagt?«

»Nein, nein, aber …«, murmelte sie nachdenklich. »Hat sie ›Mrs Buffy‹ gesagt? Bist du dir ganz sicher?«

»Ziemlich sicher. Wieso?«

»Oder könnte es auch ›Mrs Buffridge‹ gewesen sein?«, hakte sie nach.

Fred überlegte kurz. »Buffy … Buffridge … Buffy … Buffridge … Ja, das ist gut möglich.«

»Wann war das?«

»Wie gesagt, vor ungefähr zwei Wochen.«

»Kannst du dich an den genauen Tag erinnern?«

Er nickte. »Moment mal.« Er griff nach seiner Brieftasche und zog einen schmalen Terminkalender heraus. »Warte kurz … Wo ist es denn? Ah, da. Gestern vor zwei Wochen. Am Dreizehnten war das. Und die Leinwände und die Farbe hatten wir abgeholt bei Mister … halt dich fest … Barry White. Eine historische Begegnung zwischen Fred Estaire und Barry White – und kein Reporter in der Nähe, der darüber berichten konnte.«

Vermutlich erwartete er von ihr, dass sie über seine

Worte lachte, doch Nathalie bekam sie nur am Rande mit, da sie mit ihren Gedanken längst woanders war und auf ihrem Handy die Nummer von Constable Strutner angetippt hatte.

»Ronald, ist Mrs Buffridge noch da, oder wurde sie bereits abgeholt?«

»Die ist hier. Das wird noch eine Weile so bleiben. Der Regen hat für so viele Unfälle gesorgt, dass niemand abkömmlich ist, um sie zum Gefängnis zu fahren.«

»Gut, dann frag sie, ob in den letzten zwei bis drei Wochen jemand für sie Einkäufe erledigt hat, und wenn ja, wer das war. Und was derjenige für sie besorgen sollte.«

»Darf ich fragen, was …«

»Gleich, Ronald«, unterbrach sie ihn. »Vielleicht hat es auch nichts zu bedeuten. Schalt mich bitte auf Lautsprecher.«

Sie hörte ihn durch die Wache gehen, dann erklärte er Mrs Buffridge, dass sie, Nathalie, am Telefon war und mithörte, ehe er die Fragen wiederholte.

»Nein, ich habe niemanden etwas für mich besorgen lassen«, antwortete eine deprimiert klingende Mrs Buffridge.

»Haben Sie sonst Kontakt mit den anderen Teilnehmern des Kuchenwettbewerbs?«, hakte Nathalie nach. »Ich meine, außerhalb des Wettbewerbs. Treffen Sie sich, tauschen Sie sich aus?«

»Nein, nie. Jedenfalls unterhalte ich keinen Kontakt zu irgendjemandem. Mir schlägt bei den Wettbewerben schon genug Feindseligkeit entgegen, weil ich jedes Jahr gewinne. Das reicht mir dann immer für den Rest des Jahres.« Nach einer kurzen Pause fuhr sie fort: »Soweit ich weiß, haben die anderen untereinander auch wenig bis gar keinen Kontakt. Wenn man zum Wettbewerb erscheint, bleibt jeder weitgehend für sich. Bis auf die beiden Tussis.«

»Tussis?«

»Ja, Melissa Bond und Sue Mandle«, antwortete Mrs Buffridge. »Die sind wohl so was wie beste Freundinnen. Die haben ein unmögliches Auftreten, laut und schrill und frech. Halten sich für was Besonderes, weil ihre Männer bei der Marine sind.«

»Mit denen haben Sie aber auch nichts zu tun, oder?«

Mrs Buffridge stieß einen empörten Laut aus. »Gott behüte! Mir hat es gereicht, dass diese Sue Mandle vor Kurzem eine halbe Stunde lang auf mich eingeredet hat.«

»Wieso hat sie auf Sie eingeredet?«, mischte sich Ronald ein, der mit einem Mal mehr Interesse an der Unterhaltung zeigte.

»Das weiß ich selbst nicht so genau«, sagte Mrs Buffridge. »Plötzlich steht sie bei mir vor der Tür, schwafelt ohne Punkt und Komma darüber, wie großartig sie meinen Käsekuchen doch findet, und will wissen, ob sie mir nicht ein paar Dinge mitbringen kann, weil sie sowieso gerade einkaufen geht. Ein paarmal habe ich versucht, die Tür zu schließen, aber dann redete sie umso eindringlicher auf mich ein. Ich dachte mir, dann lasse ich sie eben quatschen, bevor sie noch frech wird, nur weil ich ihr ins Wort falle. Nachdem das fast eine halbe Stunde so gegangen war, klingelte auf einmal ihr Handy, dann meinte sie, dass sie jetzt gehen müsse, und weg war sie.«

»Wissen Sie noch, wann das war?«, hakte Ronald nach.

»Vor zwei Wochen. Am Vierzehnten«, erklärte sie. »Gucken Sie nicht so, Constable. Ich weiß das so genau, weil ich an dem Morgen ein längeres Telefonat mit einem Handwerker hatte, den mein Mann für den Vierzehnten bestellt hatte, der aber der Meinung war, einen Termin für den Fünfzehnten ausgemacht zu haben. In dieses Telefonat platzte dann diese Spinnerin Sue Mandle mit ihrem dummen Gerede rein.«

»Okay, danke, Mrs Buffridge«, sagte Nathalie. »Das wäre für den Moment alles.«

»Werden Sie mich jetzt freilassen, Constable?«, fragte die Frau.

»Darüber habe ich nicht zu entscheiden, sondern der Staatsanwalt«, antwortete er ausweichend, dann hörte Nathalie Schritte und das Zufallen einer Tür.

»So, wir können frei reden«, sagte Ronald. »Was hast du?«

»Etwas sehr Eigenartiges«, erwiderte sie. »Eine der Wettbewerbsteilnehmerinnen, diese Melissa Bond, wurde von Fred beobachtet, wie sie am Dreizehnten in einem Lebensmittelgeschäft Puderzucker für Mrs Buffridge gekauft hat, obwohl die sagt, dass niemand für sie Besorgungen macht. Am Vierzehnten steht Melissa Bonds beste Freundin Sue Mandle bei Mrs Buffridge vor der Tür und redet eine halbe Stunde lang auf sie ein.«

»Um Mrs Buffridge abzulenken, damit Melissa durch die Hintertür ins Haus schleicht und den Puderzucker gegen eine Packung austauscht, der sie das Zyankali beigemischt hat!«, folgerte Ronald.

»Das würde doch passen«, fand Nathalie.

»Würde, wenn wir eine Erklärung dafür hätten, woher die beiden das Gift bekommen haben«, wandte er ein.

Während sie redete, schlenderte Nathalie zum Fenster. Fred hatte sich ins Badezimmer zurückgezogen, um ebenfalls zu duschen. »Hatte ich dir schon davon berichtet, dass Melissa Bond Zimmermädchen im Prince's Inn in Brimbston ist?«

»Was? Nein. Das Prince's Inn ist doch …«

»Genau, Ronald, das ist das Hotel, in dem vor ein paar Monaten dieser Club der Giftmischer einquartiert war. Ein Haus voller Apotheker, die auch noch in ihrer Bühnenshow mit Gift hantiert haben, und eine Melissa Bond, die einen Generalschlüssel zu allen Zimmern hat, da sie überall aufräumen und putzen muss. Das kann kein Zufall sein.«

Ronald gab ein nachdenkliches Schnauben von sich. »Die haben doch gar nicht mit echten Giften hantiert«, wandte er ein.

»Aber nur, weil sie nicht mehr dazu gekommen sind, nachdem die Aufführung nach dem Tod von Travis Bertram abgebrochen worden war«, sagte sie. »Von den Giftmischer-Aufführungen gibt es jedoch ein paar Mitschnitte im Internet, die habe ich mir mal angeschaut, und darauf ist zu sehen, dass die Apotheker im Verlauf ihrer Show auch zeigen, welche Gifte sich mit welchen Chemikalien nachweisen lassen.« Sie zuckte flüchtig mit den Schultern. »Tja, und um das vorführen zu können, braucht man nun mal echte Gifte. Wie gesagt, an einen Zufall kann ich nicht so recht glauben.«

»Ein Zufall mag das zwar nicht sein, aber ein Beweis ist das auch noch nicht.«

»Vielleicht ist das kein Beweis, mit dem die beiden Frauen als Mörderinnen überführt werden können«, räumte Nathalie ein. »Doch es könnte ausreichen, um Mrs Buffridge vor einer lebenslangen Gefängnisstrafe zu bewahren.«

Sie hörte Ronald lachen. »Heute Morgen hättest du sie am liebsten in die Zelle gesteckt und den Schlüssel weggeworfen.«

»Ja, aber heute Morgen wusste ich auch noch nichts von diesen Fakten«, betonte sie. »Ähm … kannst du mal schnell nachsehen, wo diese beiden Frauen eigentlich wohnen?«

»Augenblick.« Sie hörte den Constable rumoren, dann blätterte er einen Stapel Papiere durch, bei dem es sich um die Mitschriften der Verhöre handeln musste. Plötzlich vernahm sie ein lautes »Ha!«. Gleich darauf wurde das Handy wieder aufgenommen. »Die wohnen beide in Windemoor, und zwar … Haustür an Haustür.«

»Oha! Beste Freundinnen und Nachbarinnen«, murmelte Nathalie. »Die werden sich gegenseitig ein Alibi geben, Ronald, aus denen bekommen wir nichts heraus.«

»Wenn wir nichts in der Hand haben, muss ich dir zustimmen.«

»Und in der Hand haben wir derzeit nichts außer ein paar scheinbar zufälligen Begebenheiten.« Sie überlegte kurz, dann sagte sie: »Ronald, kannst du die Mitglieder aus dem Giftmischer-Club anrufen und nachfragen, ob einer von ihnen nach der Heimkehr irgendetwas vermisst hat. Oder ob er vielleicht sogar bei der Polizei aus seiner Gegend angezeigt hat, dass ihm etwas abhandengekommen ist?«

»Mit ›etwas‹ meinst du wohl Gift, richtig?«, fragte der Constable.

»Du hast es erfasst«, sagte sie. »Ich werde mal hier im Hotel nachfragen, ob der Portier etwas mitbekommen hat, als die Apotheker hier übernachtet haben.«

»Kurz nach neun«, erwiderte Ronald. »Um die Zeit kann ich die noch alle anrufen, ohne dass sich jemand über nächtliche Ruhestörung beschweren kann. Ich gebe dir Bescheid, wenn sich etwas ergibt.«

»Alles klar, Ronald. Bis später!« Sie beendete das Telefonat und drehte sich zu Fred um, der soeben aus dem Badezimmer kam und nur in ein Badelaken gehüllt dastand. Nathalie musste sich zwingen, ihm nur ins Gesicht zu sehen. »Fred, du musst mir einen Gefallen tun … und fang jetzt bloß nicht an zu grinsen.«

»Ich werde mir Mühe geben«, versprach er und verzog den Mund, als hätte er auf eine Zitrone gebissen.

Nathalie stöhnte leise auf. Wenn ihm nichts Besseres als das einfiel, um sich vom Grinsen abzuhalten, dann konnte er genauso gut auch grinsen. »Du musst für mich herausfinden, wann diese Melissa Feierabend hat. Ich muss mit dem Portier reden, doch sie darf nichts davon mitbekommen, sonst ist sie vorgewarnt.«

Er warf einen kurzen Blick auf den Radiowecker, dann sagte er: »Du kannst mit dem Portier sprechen, über was immer du willst. Die gute Melissa hat vor vier Minuten alles stehen und liegen lassen und läuft jetzt zum Bahnhof, um den Zug zu erwischen.«

Jetzt war es an Nathalie, eine Augenbraue hochzuziehen. »Woher weißt du das denn so genau?«

Fred schmunzelte. »Das macht der Charme des Künstlers. Sie hatte mir sehr unmissverständlich dargelegt, dass ich ihr spätestens um zehn vor neun Bescheid geben soll, wenn ich an ihrer Gesellschaft interessiert bin, weil sie dann den Zug um zehn nach neun offiziell ›verpasst‹ und drei Stunden Wartezeit totschlagen muss, ehe der nächste kommt.« Er lehnte sich gegen den Türrahmen. »Ich schätze, als sie dich hier gesehen hat, war ihr klar, dass es um zehn vor neun keinen Anruf von mir geben würde. Und nun darfst du mit meiner Erlaubnis deinen Charme spielen lassen, um von Mr McKinnon das zu bekommen, was du haben willst.« Er zwinkerte ihr zu und fügte mit ernster Miene an: »Viel Erfolg!«

»Danke«, gab sie zurück und drückte ihm im Vorbeigehen einen flüchtigen Kuss auf den Mund, wobei sie es tunlichst vermied, ihm so nahe zu kommen, dass er die Arme um sie legen konnte, solange er nur in dieses Badetuch gewickelt dastand.

Elftes Kapitel, in dem Pläne geschmiedet und in die Tat umgesetzt werden

Eine Viertelstunde später kehrte Nathalie in Freds Zimmer zurück, in einer Hand trug sie einen Arztkoffer.

»Was bringst du denn da Schönes mit?«, fragte er und wollte ihr den Koffer abnehmen.

»Nicht anfassen!«, rief sie. »Zieh das Bettlaken ab und leg es auf den Boden!« Erfreulicherweise tat er, was sie sagte, ohne erst eine Erklärung zu verlangen und womöglich auch noch eine Diskussion anzufangen. Nathalie nahm diese Tatsache mit Erleichterung auf, weil es für sie bedeutete, dass er darauf vertraute, dass sie wusste, was sie da tat.

Nachdem das Laken auf dem Boden ausgebreitet lag, platzierte sie den Koffer vorsichtig in die Mitte und wickelte ihn in das Laken. »So, das wäre geschafft.«

»Verrätst du mir, was das ist?«, fragte Fred. »Oder darfst du nicht darüber reden?«

»Tut mir leid, Fred, wenn das eben irgendwie verkehrt rüberkam«, sagte sie. »Doch an diesem Koffer können sich wichtige Spuren befinden, die Mrs Buffridge entlasten und die liebe Melissa belasten könnten. Es reicht schon, dass McKinnon den Koffer aus dem Keller geholt hat und dass ich jetzt den Griff auch noch angefasst habe.« Sie hielt eine Hand hoch, damit Fred sich noch etwas länger geduldete, dann griff sie nach dem Handy und rief wieder den Constable an.

»Ich habe noch niemanden gefunden, der etwas vermisst«, sagte er ohne Vorrede. »Aber es kann gut sein, dass jemandem etwas abhandengekommen ist und er einfach nichts dazu sagt, da er sonst Ärger befürchtet, weil irgendein Gift …«

»Ronald«, unterbrach sie ihn. »Ich glaube, du musst nicht länger herumtelefonieren. Ich bin fündig geworden. Das Zimmermädchen Melissa – wer auch sonst? – hatte nach der Abreise der Apotheker in einem Zimmer einen Arztkoffer gefunden. Angeblich hat sie ihn nicht aufgemacht, sondern gleich ihrem Chef gezeigt, der reingeschaut und eine Adresse darin gefunden hat. Er hat den Besitzer wiederholt angeschrieben, aber es reagierte niemand auf die Briefe. Was auch nicht verwundert, Ronald. Das ist der Koffer von Travis Bertram.«

»Der seiner eigenen Bühnennummer zum Opfer gefallen ist«, fügte der Constable an. »Kein Wunder, dass das Hotel nie eine Antwort auf die Briefe bekommen hat. Wenn der Koffer da irgendwo im Hotel herumgestanden hat, wird es dieser Melissa Bond doch sicher möglich gewesen sein, einen Blick hineinzuwerfen und sich zu bedienen, falls da was Nützliches zu finden war.«

Nathalie schüttelte den Kopf. »Meine Vermutung geht dahin, dass sie sich schon vorher bedient hat. Sie konnte ja nicht wissen, dass das der Koffer eines Toten ist und niemand vorbeikommt, um ihn abzuholen.«

»Stimmt. Hast du nachgesehen?«, wollte er wissen.

»Ich will keine Spuren verwischen«, sagte sie. »Wer weiß, wer sonst noch den Koffer angefasst hat.«

Einen Moment lang herrschte Ruhe, da Ronald überlegte, wie sie am besten vorgehen sollten, um Informationen zu erhalten, ohne entscheidende Spuren zu zerstören. Plötzlich stand Fred vor ihr, der sich in der Zwischenzeit angezogen hatte und so wie sie Jeans und T-Shirt trug. Er hielt ihr ein aufgeklapptes Messer hin und sagte leise: »Wenn du den Schnappverschluss mit der Klinge zur Seite schiebst, kannst du die Schlösser doch öffnen, ohne alte Fingerabdrücke zu verwischen und deine eigenen zu hinterlassen. Oder geht das nicht?«

»Natürlich geht das«, antwortete Ronald, der offenbar jedes Wort gehört hatte. »Aber Fred soll dir das Messer geben, damit du den Koffer öffnest. Wenn seine Fingerabdrücke dazwischengeraten, bekomme ich Schwierigkeiten, das Ganze überzeugend zu erklären.«

»Also gut, wie du willst«, sagte sie. »Ich schalte dich auf Lautsprecher, weil ich die Hände frei haben muss.« Behutsam wickelte sie den Koffer aus, sorgte aber dafür, dass überall dort das Laken im Weg war, wo sie mit der Hand für Halt sorgen musste. Das linke Schloss schnappte auf, dann das rechte. Nathalie öffnete die Tasche. »Da liegen alle möglichen Instrumente kreuz und quer herum, dazwischen sehe ich Medikamentenpackungen aller Art, und da drüben … oh …«

»Was ist ›oh‹?«, wollte Ronald wissen.

»In der Mitte befindet sich eine Trennwand, auf der

einen Seite sind mehrere Glasfläschchen, die mit einem breiten Gummiband festgehalten werden«, beschrieb sie den Inhalt. »Du weißt schon, so was wie diese Halterungen für Stifte in einem Aktenkoffer. Das sind … zwei … vier … sieben Halterungen, die dritte ist leer. Da fehlt ein Fläschchen.«

»Was befindet sich in den anderen?«

»Irgendwelches Pulver. Ich kann nicht entziffern, was draufsteht. Dafür müsste ich die Fläschchen rausziehen. Das da … das könnte ›*Strychnin*‹ heißen.«

»Also ein Gift. Okay, Nathalie«, sagte Ronald, nachdem er einen Moment lang geschwiegen hatte, da er etwas in seinen Computer eingab. »Ich denke, das genügt, um Mrs Bond und Mrs Mandle unter Mordverdacht zu stellen und eine Hausdurchsuchung zu veranlassen. Mal sehen, ob ich das jetzt noch durchgeboxt bekomme. Dann kassiere ich gleich die beiden Damen ein, und morgen früh durchsuchen wir ihre Häuser.«

»Warte, nicht so schnell, Ronald«, sagte sie hastig. »Du musst die beiden unabhängig voneinander festnehmen, und zwar so, dass niemand etwas davon mitbekommt, der es der besten Freundin sagen kann.«

»Wieso?«

»Erkläre ich dir später«, antwortete sie. »Ich habe da einen Plan, aber der kann nur funktionieren, wenn jede glaubt, dass nur sie festgenommen wurde.«

»Dazu müsste ich erst mal wissen, wann sich wer von den beiden wo aufhält. Ich kann die zwei nicht erst tagelang observieren.«

Plötzlich fiel Nathalie etwas ein. »Da gibt es noch ein Problem«, sagte sie zögerlich.

Ronald seufzte frustriert. »Oh nein, bitte nicht!«

»Wenn Mrs Bond morgen wieder ins Hotel kommt, besteht die Gefahr, dass der Portier ihr davon erzählt, dass ich den Koffer mitgenommen habe. Wenn sie das erfährt, weiß sie, was läuft, und dann kann sie ihre Freundin warnen. Die beiden können sich absprechen, und wir stehen wie die Idioten da.«

»Ach, verdammt. Wenn ich jetzt Mrs Mandle festnehme, bekommt das die Nachbarschaft mit, und wenn nicht jemand Mrs Bond sofort anruft, wird sie es bestimmt von einem Nachbarn erfahren, sobald sie nach Hause kommt.« Er schnaubte aufgebracht. »Das ist eine unglaublich verfahrene Situation.«

Fred kniete sich neben Nathalie auf den Boden, die immer noch in den offenen Koffer starrte. »Ich hätte da vielleicht eine Lösung vorzuschlagen, Nathalie. Darf ich ...?«

»Nur zu«, rief Ronald, noch bevor sie etwas erwidern konnte.

»Also, Constable, Mrs Bond hat davon geredet, dass ihr Zug ab Brimbston nicht in Windemoor hält, sondern einen Umweg fährt, der sie dazu zwingt, bis nach Crow's Nest zu fahren, wo sie ihr Auto abgestellt hat. Die Fahrt dauert über eine Stunde, also müsste sie um kurz nach zehn in Crow's Nest ankommen. Von Earlsraven braucht man wie lange dorthin? Fünfzehn Minuten?«

»Ungefähr«, bestätigte Ronald.

»Gut. Wenn Sie Mrs Bond festnehmen, sobald sie den Bahnhof verlässt, können Sie sie nach Earlsraven bringen, ohne dass jemand etwas mitbekommt. Also kann niemand Mrs Mandle vorwarnen. Und während Melissa Bond in Earlsraven in der Wache festsitzt, fahren Sie nach Windemoor und nehmen Mrs Mandle fest, ohne ein Wort über den Verbleib ihrer Freundin zu verraten.«

Nathalie nickte zustimmend. »Ja, dann weiß keiner

vom anderen, was los ist. Sie dürfen sich nur auf der Wache nicht sehen.«

»Das ist noch das kleinere Problem«, wehrte der Constable ab. »Viel mehr Kopfzerbrechen bereitet mir, dass ich keine Ahnung habe, was du vorhast, Nathalie.«

»Nichts Illegales, Ronald, und das weißt du auch. Jetzt mach dich lieber auf den Weg, um Mrs Bond abzufangen, wenn sie aus dem Bahnhof kommt. Ich fahre gleich aus Brimbston ab, dann kann ich dir später erklären, was mir da vorschwebt.«

»Ich bin gespannt«, gab er zurück und legte auf.

Als sich Nathalie zu Fred umdrehte, bemerkte sie dessen betrübte Miene. »Guck bitte nicht so«, bat sie leise. »Ich habe dir gleich gesagt, dass ich diese Nacht nicht hier im Hotel verbringen werde.«

»Ich weiß«, entgegnete er und lächelte sie hoffnungsvoll an. »Es muss ja nicht alles auf einmal sein.«

Er begleitete sie bis zu ihrem Wagen, wo er sie noch einmal so küsste wie zuvor im strömenden Regen, der inzwischen aufgehört hatte. Als sie sich Minuten später aus Freds Armen löste, fehlte nicht viel, und sie hätte ihren Vorsatz über Bord geworfen, die erste gemeinsame Nacht nicht in diesem heruntergekommenen Hotel zu verbringen.

Es kostete sie Mühe, in ihren Wagen einzusteigen und abzufahren, während Fred auf dem Parkplatz stand und ihr hinterhersah, ehe er sich auf den Rückweg zum Theater machte, wo er sich vermutlich den Rest der Nacht um die Ohren schlagen würde.

Nathalie schaltete das Radio ein, eine tiefe, sehr tiefe Männerstimme begrüßte sie mit einem Lied, bei dem sie sich sicher war, dass sie es noch nie zuvor gehört hatte. Auf dem Display wurde der Titel mit *Some Velvet Morning* angegeben, was ihr genauso wenig sagte wie der seltsame Text. Die Melodie wechselte, eine Frau begann zu singen, dann wich sie wieder der Männerstimme. Es war das ungewöhnlichste Lied, das sie seit langer Zeit gehört hatte, und der Text ergab für sie nicht den geringsten Sinn, doch das Ganze vermittelte eine ganz eigenartige Atmosphäre, die sie an den Kuss erinnerte. Diesen Kuss im Regen … Lächelnd begann Nathalie mitzusummen.

»Ein Hoch auf die Polizeischüler!«, jubelte Constable Strutner, als Nathalie und Louise am nächsten Tag gegen Mittag gemeinsam die Polizeiwache betraten. »Die Damen und Herren werden immer besser.«

»Erzähl schon!«, forderte ihn Louise auf.

»Also, die Aktion gestern Abend hat hervorragend geklappt«, sagte Ronald. »Beide sitzen jetzt hinter Gittern, ohne dass die eine etwas von der anderen weiß. Den Durchsuchungsbefehl, der mir praktisch umgehend zugefaxt worden ist, habe ich dem Chef meiner lieben Polizeischüler gleich geschickt, die sich noch in der Nacht auf den Weg gemacht haben. Heute Morgen sind sie dann fündig geworden. Das Fläschchen, das zweifelsfrei aus dem Koffer von Travis Bertram stammt, wurde in Melissa Bonds Haus gefunden. Es war noch zur Hälfte gefüllt und zwischen Dutzenden von Parfumflakons und anderen Tinkturen platziert, wo ihr Mann niemals darauf aufmerksam geworden wäre. Die Fingerabdrücke entsprechen denen von Mrs Bond, und die konnten von der Spurensicherung auch an und in Bertrams Koffer sowie an der Puderzucker-Packung gefunden werden. Allerdings gibt es nirgendwo einen Fingerabdruck von Mrs Mandle, die sich zumindest auf den ersten Blick nichts hat zuschulden kommen lassen. Augenscheinlich hat sie nur mit Mrs Buffridge geredet und ihr Hilfe angeboten, aber das ist auch alles.«

Louise nickte verstehend. »Freundschaften können ein jähes Ende nehmen, wenn man dadurch eine lebenslange Gefängnisstrafe vermeiden kann«, sagte sie. »Mrs Bond hat den Schwarzen Peter und kann nicht belegen, dass Mrs Mandle irgendetwas getan hat, das in einem Zusammenhang mit dem Tod von Ridlington steht. Mrs Mandle ist fein raus. Doch das wollen wir nicht, richtig?«, fragte sie in die Runde.

»Genau«, bestätigte der Constable. »Und deshalb werden wir jetzt Nathalies Plan in die Tat umsetzen.«

Gemeinsam begaben sie sich in das Verhörzimmer, in dem Sue Mandle seit ein paar Minuten saß, die Hände mit Handschellen an den Tischbeinen fixiert.

»Was sind Sie? Das Erschießungskommando?«

»Sie sind nicht in der Position, um zu spotten, Mrs Mandle«, sagte Ronald mürrisch. »Vor hundert Jahren wäre Ihnen der Galgen sicher gewesen.«

»Was vor hundert Jahren war, ist ohne Belang«, gab sie unbeeindruckt zurück. »Und vor hundert Jahren endete auch niemand am Galgen, der nichts verbrochen hatte.«

»Oder dem man nur nicht nachweisen konnte, dass er etwas verbrochen hatte?«, warf Louise ein.

»Welches Verbrechen legen Sie mir überhaupt zur Last?«, fragte Mrs Mandle in gelangweiltem Ton.

»*Erpressung in Tateinheit mit Anstiftung und Beihilfe zum Mord*«, las Roland vor, nachdem er in seiner Akte kurz geblättert hatte, um sich zu vergewissern, dass die Formulierung zutraf.

»Erpressung?«, wiederholte Sue verdutzt. »Wen soll ich denn erpresst haben?«

Nathalie konnte sich ein triumphierendes Lächeln gerade noch verkneifen. Die Taktik hatte funktioniert, und Sue war prompt in die Falle getappt. Diese Frau hatte seit Stunden gegrübelt, weshalb sie beim Erscheinen auf der Wache vom Constable festgenommen und in eine Zelle gesteckt worden war. Natürlich ging sie davon aus, dass man sie mit Ridlingtons Tod in Verbindung gebracht hatte, und zweifellos suchte sie fieberhaft nach irgendwelchen Details, die sie übersehen haben könnte. Sie hatte gewiss überlegt, ob jemand etwas beobachtet und der Polizei gemeldet hatte. Und, falls ja, wer was gesehen hatte.

Nur das Thema »Erpressung« konnte ihr in diesem Zusammenhang nicht in den Sinn gekommen sein. Dass sie »Mord« zu hören bekommen würde, damit war zu rechnen gewesen. Aber »Erpressung« war so völlig abwegig, dass sie nun darüber stolpern musste und den viel schwerwiegenderen Vorwurf völlig ignorierte.

Ronald winkte ab und schlug eine andere Seite in seiner Aktenmappe auf. »Wir wissen, dass Sie Mrs Bond gedroht haben, ihrem Ehemann von ihrer Vergangenheit im Rotlichtmilieu zu erzählen, wenn sie nicht tut, was Sie ihr sagen. Ihnen war klar, dass diese Enthüllung nicht nur die Ehe der beiden zerstören, sondern auch der Karriere ihres Mannes schaden würde.«

»Ich soll Melissa erpresst haben?«, wiederholte sie ungläubig. »Wie kommen Sie auf denn auf diese Idee?«

»Das müssen Sie Ihre ›Freundin‹ fragen«, sagte er. »Mrs Bond war froh darüber, sich endlich jemandem anvertrauen zu können. Nach eigenen Angaben hat sie unter dieser Situation seit Jahren sehr gelitten, und diese Aktion, Mr Ridlington zu töten, war letztlich zu viel für sie. Sie, Mrs Mandle, haben den Bogen jetzt ein klein wenig überspannt.«

Sue Mandle saß da und schüttelte mal den Kopf, mal

zuckte sie mit den Schultern. »Ich … ich bin fassungslos«, murmelte sie.

»Tja, das sind die meisten Menschen, wenn sie erkennen müssen, dass ihr ausgefeilter Plan nicht aufgegangen ist«, merkte der Constable beiläufig an. »Die Frage ist jetzt nur, ob Sie bereit sind, den Mordauftrag zu gestehen und sich dafür vor einem ordentlichen Gericht zu verantworten.«

Die an den Tisch gekettete Frau lachte hysterisch auf. »Warum sollte ich etwas gestehen, was ich nicht getan habe?«

»Wer geständig ist, kann vor Gericht immer auf ein milderes Urteil hoffen. Wenn Sie leugnen und Mrs Bond muss ihre Aussage vor Gericht wiederholen, dann wird diese öffentliche Demütigung für Sie nicht von Nutzen sein.«

Sue saß da und gab sich äußerlich gelassen, doch unter der Oberfläche brodelte es. Nathalie konnte spüren, wie diese Frau vor Wut zu kochen begann, weil sie sich von ihrer besten Freundin verraten fühlte und gleichzeitig spürte, dass sich eine Schlinge um ihren Hals zuzuziehen begann. Ein Mundwinkel zuckte immer leicht.

»Würden Sie mir etwas verraten, Constable?«, fragte sie schließlich und gab sich ganz kühl mit einem Anflug von Ironie.

»Was?«

»Angenommen, ich würde gestehen, dass es so war, wie Sie behaupten … was würde dann aus Melissa?«

»Das kann Ihnen unsere Rechtsexpertin sagen«, antwortete Ronald und deutete mit einer Kopfbewegung auf Louise.

»Selbstverständlich wird Mrs Bond angeklagt werden«, erklärte die Köchin, die in Hosenanzug und mit Aktentasche zur Wache gekommen war und ebenfalls eine Mappe vor sich auf dem Tisch liegen hatte, aus der sie scheinbar vorlas. »Die Anklage wird auf Körperverletzung mit Todesfolge lauten; die Staatsanwaltschaft hat aber heute Morgen bereits signalisiert, dass man aufgrund der besonderen Umstände nur eine Bewährungsstrafe fordern wird.«

»Besondere Umstände?«, hakte Sue nach.

»Ja, die Tatsache, dass Mrs Bond von Ihnen so unter Druck gesetzt wurde, dass sie keine andere Wahl hatte, als Ihre Anweisungen zu befolgen«, bestätigte Louise.

»›Bewährung‹ heißt, dass sie nach dem Urteil einfach wieder nach Hause gehen kann?«

»Ja, Mrs Mandle. Es ist sogar denkbar, dass der Fall nach Aktenlage entschieden wird und ihr das Urteil nach Hause zugestellt wird.«

»Und ich? Was erwartet mich?«

Louise zuckte mit den Schultern. »Wie gesagt, das hängt ganz davon ab, zu welcher Aussage Sie sich durchringen. Ein umfassendes Geständnis und erkennbare Reue können dabei viel wettmachen. Nageln Sie mich nicht auf das Strafmaß fest, doch wir reden hier von gut zehn Jahren im günstigsten und von bis zu zwanzig Jahren, wenn Sie trotz der eindeutigen Beweislage alles leugnen.«

Die Frau wurde bleich und musste ein paarmal schlucken, ihr Atem ging stockend. Es schien, als wollte sie jeden Moment vor Wut explodieren. Sie sammelte sich und sagte schließlich unter Tränen: »Ich … ich hatte gehofft, dieses Kapitel meines Lebens für immer hinter mir zurücklassen zu können. Aber wenn ich sehe, dass Sie die Mörderin nach Hause schicken wollen und ich für Jahre hinter Gitter soll, dann kann ich nicht länger schweigen.« Sie atmete tief durch: »Constable, Sie sind einem raffinierten Schwindel zum Opfer gefallen. Tatsächlich bin ich diejenige, die mit ihrer Vergangenheit im Rotlichtmilieu unter Druck gesetzt wird. Melissa hatte den Entschluss gefasst, Ridlington zu ermorden und den Mord der alten Buffridge unterzuschieben. Sie wollte auch endlich mal mit ihrem Kuchen eine Chance beim Wettbewerb haben. Ich war damit nicht einverstanden und habe alles versucht, um sie davon abzuhalten, doch sie hat mir gedroht, aller Welt meine Vergangenheit zu enthüllen. Damit wäre ich erledigt gewesen; mein Mann hätte mich verlassen – er weiß gar nichts davon. Ich konnte nur hilflos zusehen, wie sie ihren teuflischen Plan in die Tat umsetzte und Ridlington ermordete. Aber ich kann nicht länger tatenlos zusehen, wenn ich für etwas büßen soll, was ich nicht gemacht habe. Ich weiß nicht, was genau Sie mir vorwerfen können, vielleicht unterlassene Hilfeleistung, doch sicher keine Beihilfe zum Mord.« Sie hielt inne, um ihr Schluchzen unter Kontrolle zu bringen. »Lassen Sie nicht zu, dass diese Frau ungestraft davonkommt!«, rief sie dann.

Alle drei saßen da und sahen Sue Mandle an, die in Tränen aufgelöst war.

Schließlich ließ Nathalie ein Schnauben hören und schüttelte den Kopf. »Verdammt, jetzt schuldet doch jeder von uns Melissa fünfzig Pfund.«

Die beiden stimmten ihr mussmutig und widerwillig zu.

Mrs Mandle sah zwischen ihnen hin und her. »Was haben Sie gesagt? Wieso schulden Sie Melissa fünfzig Pfund?«, wollte sie aufgeregt wissen.

»Na, wir haben mit ihr gewettet«, erklärte Nathalie. »Mrs Bond hat uns versichert, dass Sie beim Verhör versuchen würden, den Spieß umzudrehen, sie zur Täterin zu machen und sich selbst als Opfer hinzustellen. Wir hielten das für zu absurd und haben dagegen gewettet – doch leider verloren.«

»Aber ich … aber Sie können doch nicht einfach jedes Wort glauben, das diese Frau Ihnen sagt!«, hielt Sue dagegen.

»Warum nicht?«, konterte Ronald. »Sie hat uns schließlich auch auf das Giftfläschchen aufmerksam gemacht, das Sie so flink an sich genommen und versteckt haben, damit Sie Mrs Bonds Fingerabdrücke als zusätzliches Druckmittel gegen sie verwenden können.«

»Was?«, rief Sue. Man sah ihr an, dass sie völlig ratlos war.

»Wir haben heute Morgen in aller Frühe Ihr Haus auf den Kopf gestellt und das Fläschchen gefunden«, redete er weiter. »Ordentlich in eine kleine Plastiktüte verpackt, damit den kostbaren Fingerabdrücken Ihrer Freundin nichts geschieht. Man kann ja nie wissen, wofür man so etwas noch mal brauchen kann, nicht wahr?« Mit diesen Worten stand Ronald auf. »Sie wissen jetzt, was Sie erwartet. Die Kollegen kommen morgen Mittag her und fahren Sie ins Gefängnis. Dann können Sie sich schon mal an Ihre neue Umgebung gewöhnen, bis der Prozess beginnt.«

»Sie wollen doch nicht etwa …«, wollte Mrs Mandle protestieren, doch Ronald löste zügig die Handschellen von den Tischbeinen und fesselte ihr wieder die Arme auf dem Rücken. Dann schob er sie vor sich her aus dem Verhörraum in die erste Zelle.

Nachdem er die Zellentür verriegelt hatte, gab er Louise und Nathalie ein Zeichen. Die beiden blieben vor Sue Mandles Zelle stehen und warteten, ohne von der Frau Notiz zu nehmen, die an den Gitterstäben stand und krampfhaft zu überlegen schien, was sie nun tun sollte. Eine Tür wurde geöffnet, Stimmen waren zu hören, dann setzten sich Louise und Nathalie in Bewegung.

»Mrs Bond«, sagte Louise, legte Melissa den Arm um die Schultern und zog sie weit genug mit sich, dass Sue sie im Gang vor der Zelle sehen konnte. »Ich möchte Ihnen im Namen der Staatsanwaltschaft für Ihre Kooperation danken. Sie waren uns eine große Hilfe, und mir ist bereits von dort mitgeteilt worden, dass Sie …«

Melissa stutzte und blieb vor der Zellentür stehen. »Die Staatsanwaltschaft? Aber sind Sie nicht …?«

»Du Miststück!«, brüllte Sue und bekam ihre Freundin am Arm zu packen. Mit einem Ruck zog sie sie zu sich herüber, wobei Melissa mit dem Kopf schmerzhaft gegen die Gitterstäbe schlug. »Was fällt dir ein, mich so zu hintergehen? Wie kannst du solche Lügen erzählen, nur um deine Haut zu retten? Du hast das Gift beschafft, du hast es der alten Kuh untergeschoben, um ihr und Ridlington eins auszuwischen! Und jetzt willst du mich ins Gefängnis schicken, indem du irgendeinen Schwachsinn von Erpressung und Rotlicht faselst? Bist du noch ganz bei Verstand?«

»Aber ich … Sue … was ist …?«, versuchte Melissa zu protestieren, doch ihre Freundin war längst so in Rage, dass sie ihr gar nicht mehr zuhörte. Vielmehr zerrte sie sie immer wieder gegen das Gitter, sodass Melissa genug damit zu tun hatte, sich vor Verletzungen zu schützen.

»Warum konntest du nicht einfach deine große Klappe halten? Du wusstest doch genau, dass die nichts gegen uns in der Hand haben! Wir sind das hundertmal durchgegangen, dass die uns nichts nachweisen können! Was hast du dir nur dabei gedacht?« Sue wurde leiser und leiser, da die Wut der Verzweiflung wich. Tränen liefen ihr über die Wangen. »Was hast du dir nur dabei gedacht?«, flüsterte sie.

Melissa sah sie eine Weile schweigend an, dann sagte sie leise: »Sue, ich habe nichts von dem gesagt, was sie dir erzählt haben. Die haben dich gelinkt. Und mich gleich mit.«

Die beiden Frauen sahen zu Nathalie, Louise und Ronald, die ohne eine Regung Sue Mandle und Melissa Bond betrachteten, die ein Menschenleben auf dem Gewissen hatten.

»Kommen Sie, Mrs Bond«, sagte der Constable. »Sie bekommen jetzt die Zelle neben Ihrer Freundin, bis Sie beide abgeholt werden.«

Louise und Nathalie gingen nach vorn in den Schalterraum.

»Puh, das war knapp«, murmelte die Köchin. »Wenn diese Melissa Zeit gehabt hätte zu sagen, dass sie mich doch aus dem Black Feather kennt, dann wäre ihrer Freundin vielleicht noch rechtzeitig ein Licht aufgegangen.«

»Hauptsache, es hat geklappt«, erwiderte Nathalie und klopfte ihr anerkennend auf die Schulter. »Du hast als Vertreterin der Staatsanwaltschaft sehr überzeugend gewirkt.«

»Das war doch eine Kleinigkeit«, wehrte Louise ab. »Habe ich dir mal erzählt, dass Berlusconi mich in dem festen Glauben empfangen hat, ich sei die Wirtschaftsministerin von Australien auf Staatsbesuch in Italien?«

Nathalie musste lachen. »Das ist nicht dein Ernst, oder?«

»Ich werde dir bei Gelegenheit die Fotos zeigen«, versprach sie ihr.

»Welche Fotos?«, fragte ein zufrieden lächelnder Ronald, der in diesem Moment zu ihnen kam.

»Die, auf denen ich mit Berlusconi zu sehen bin.«

»Ach, die australische Ministerin«, sagte er amüsiert. »Schade, dass du vor dem Pressetermin schon wieder abgereist warst, sonst wären interessante Fotos um die Welt gegangen.«

Louise zuckte flüchtig mit den Schultern. »Mein Informant hatte mir übergeben, was ich haben wollte, da hielt ich es für besser zu verschwinden, bevor noch jemand stutzig wird.« Sie sah, wie er nach etwas auf seinem Schreibtisch griff. »Wen rufst du an?«, fragte sie, als er eine Visitenkarte unter einer Ecke der Schreibunterlage hervorzog.

»Yassid Newton von der *Raven Times*«, antwortete er. »Ich hatte ihm eine exklusive Story versprochen, und exklusiver als das hier geht es kaum. Wir müssen doch unsere Lokalzeitung unterstützen.«

»Das wird ihn freuen«, meinte Nathalie. »Und wenn du schon telefonierst, dann ruf bitte danach deine Polizeischüler an. Für ihre erfolgreiche Arbeit haben sie alle ein Essen im Black Feather gut.«

Ronald zog anerkennend eine Augenbraue hoch. »Ist das dein Ernst? Da kommen fast vierzig Leute zusammen.«

»Das ist schon okay. Sie haben geholfen, die wahren Täter zu finden und Mrs Buffridges Unschuld zu beweisen«, entgegnete sie. »Das soll belohnt werden.« Dann drehte sie sich zu Louise um. »Komm, das Black Feather wartet auf uns.«

Epilog, in dem die Weichen für Neues gestellt werden

Zwei Wochen später

»Und alle noch mal lächeln! Und dass mir niemand die Augen zukneift«, rief der Fotograf und schoss weitere Fotos. »Okay, das war's.«

Die kleine Gruppe mit Nathalie in der Mitte ließ das Banner sinken, auf dem die Worte *Homegrown Stuff* geschrieben standen – obwohl man von »Schrift« im eigentlichen Sinn gar nicht reden konnte. Die Buchstaben setzten sich aus Wurzelwerk, Knollen und Blättern in allen Größen und Formen zusammen, was den Eindruck erweckte, als wäre der Name für Nathalies Landsupermarkt selbst ein Gewächs. Der Name war Belles Idee gewesen, und von ihr stammte auch der Entwurf für den Schriftzug.

Das Projekt war schon jetzt, lange vor der Eröffnung, zu einem Gemeinschaftswerk geworden, da nicht nur Fred und seine Künstlertruppe einstimmig zugesagt hatten, als Personal für den Markt zur Verfügung zu stehen – wobei sich Fred noch nicht im Klaren war, ob er sich ohne jede Berufserfahrung zutrauen sollte, sich für den Managerposten zu bewerben. Auch Louise hatte spontan entschieden, etwas zum Gelingen des Konzepts beizutragen, indem sie ein Viertel des Kaufpreises beigesteuert hatte und damit zur Mitgesellschafterin geworden war.

»Miss Ames! Miss Ames!«, rief Yassid von der *Raven Times,* der den Artikel über die Gründung des Unternehmens schreiben sollte. »Ich hätte da noch eine Frage … das heißt, vielleicht kommt noch die eine oder andere Frage hinterher, doch für den Augenblick würde ich gern wissen: Es heißt, Sie hätten den Kauf des Marktes Wochen früher als eigentlich geplant realisiert, weil bereits ein Mitbieter an den bisherigen Eigentümer Philip Royce herangetreten war. Können Sie dazu etwas sagen?«

Sie nickte kurz. »Ja, das stimmt. Es gab einen Mitbewerber.«

»Und … ähm … wissen Sie auch, wer das ist?«

»Tut mir leid, das hat Mr Royce verständlicherweise für sich behalten«, sagte sie, woraufhin sich der junge Reporter bedankte und nach dem nächsten »Opfer« Ausschau hielt.

Nathalie sah zu Louise, die nur zwei Schritte entfernt stand und mit dem Gerichtsmediziner redete. Die Köchin hatte Yassids Frage mitbekommen und zog vielsagend die Augenbrauen hoch.

In Wahrheit wussten sie ganz genau, wer der Mitbieter war. Royce hatte ihnen den Namen genannt und sie gewarnt, dass der ihr Angebot bereits um fünfzigtausend Pfund überboten hatte. Royce hatte dennoch an Nathalie verkaufen wollen, ihr aber unmissverständlich klargemacht, dass die Gegenseite weiterbieten würde, und wenn die erst mal um ein paar Hunderttausend Pfund über dem lag, was er mit ihr vereinbart hatte, würde er an den Mitbieter verkaufen. Also hatte Nathalie jetzt zuschlagen müssen.

Der Mitbieter war Cromwell Enterprises, ein Unternehmen, das mit der Vermittlung von Baugrundstücken sein Geld verdiente. Auf den ersten Blick war daran nichts auszusetzen, doch dieses Unternehmen war eine hundertprozentige Tochter von Six And Eight Ltd., dessen alleiniger Geschäftsführer Sir Alfred Battersfield war, ebenjener Politiker, der in den Mord an dem Enthüllungsjournalisten Forrester verstrickt war. Es konnte kaum ein Zufall sein, dass er den Markt kaufen wollte, um an das Grundstück zu gelangen, das eine entscheidende Rolle bei der Frage spielte, ob das Luxusprojekt Raven's Gate verwirklicht werden konnte oder nicht.

»Bin gespannt, wie die Geschichte ausgeht«, hatte Louise gesagt, als dieser Zusammenhang ans Licht gekommen war.

Aber Nathalie fürchtete, dass diese Geschichte noch gar nicht richtig angefangen hatte.

Sie sah zu, wie Belle – inzwischen mit königsblauen Haaren – zu Louise trat und fragte: »Eines verstehe ich bei dem Fall nicht, Louise. Diese beiden Frauen, die den Käsekuchenmann ermordeten, die haben doch dafür Zyankali genommen, richtig?«

»Ja«, bestätigte Louise.

»Aber wie kann man denn *beweisen*, dass sie ihn umgebracht haben? Ich meine, Zyankali ist schließlich immer Zyankali.«

»Stimmt, doch zum einen sprachen alle Indizien dafür, dass sie die Täterinnen waren, und zum anderen … Ach, was das Zyankali angeht, das kann unser Spezialist Dr. Talradja besser erklären als ich.« Sie deutete auf den Gerichtsmediziner. »J.L., Belle möchte dich was fragen.«

Talradja machte einen Schritt auf die junge Frau zu und nahm ihre Hand. »Belle, was für ein bezaubernder Name! Ich bin … Jean-Louis«, sagte er. Nathalie entging nicht, dass sein Blick sich nicht von Belles Augen löste, obwohl die blauen Haare eigentlich viel auffälliger waren.

»Angenehm, Jean-Louis«, sagte Belle und sah ihn viel zu lange lächelnd an. »Ich habe … eine Frage … wegen des Zyankalis …«

»Ja, ich habe das gerade mitbekommen«, erwiderte er. »Grundsätzlich hast du recht, dass das Zyankali, das Ridlington tötete, eigentlich nicht ohne jeden Zweifel den beiden Täterinnen zugeordnet werden kann. Bei Mrs Bond wurde zwar ein Fläschchen mit Zyankali gefunden; doch damit wäre normalerweise nicht gleichzeitig bewiesen, dass es das Zyankali war, mit dem Ridlington getötet wurde. Aber in diesem Fall verhält sich das anders, weil das betreffende Zyankali aus nicht nachvollziehbaren Gründen in ein Behältnis gefüllt wurde, in dem sich noch Reste von Arsen befanden. Die gleichen Reste fanden sich in dem Giftfläschchen, das bei der Durchsuchung der Wohnungen entdeckt wurde, und sie befinden sich auch im Zuckerguss auf dem Käsekuchen, den Mrs Buffridge gebacken hatte. Und es war sogar ein wenig davon in Ridlingtons Blut sowie in seinem Magen nachzuweisen.«

Der Gerichtsmediziner redete noch weiter, doch Belle

schien ihm gar nicht mehr zuzuhören, sondern himmelte ihn nur noch für alle sichtbar an.

Lächelnd wandte sich Nathalie ab und sah zu Fred, der mit seinen Künstlerkollegen über irgendetwas diskutierte, ihr aber zuzwinkerte, als er ihren Blick bemerkte.

Nathalie wusste noch immer nicht, ob sie Sue Mandles und Melissa Bonds Beteuerungen glauben sollte, dass sie Ridlington tatsächlich nicht hatten töten, sondern ihm nur eine schwere Magenverstimmung hatten bescheren wollen. Angeblich hatten sie bloß erreichen wollen, dass ihm von Mrs Buffridges Kuchen schrecklich schlecht wurde, damit er sie nicht noch einmal gewinnen ließ. Aber ob das stimmte, konnte Nathalie nicht beurteilen. Das herauszufinden war Aufgabe des Gerichts, vor dem die beiden Frauen sich würden verantworten müssen.

Yassid stürmte an ihr vorbei, da er Constable Strutner entdeckt hatte. »Constable? Constable, darf ich Sie um eine abschließende Aussage zum aufgeklärten Mord an Mr Ridlington bitten?«

Ronald lächelte ihn an. »Ja, die können Sie bekommen und von mir aus auch als Schlagzeile verwenden: Nie wieder Käsekuchen!«

ENDE